KB004162

어떤 마음은 딱딱하고
어떤 마음은 물러서

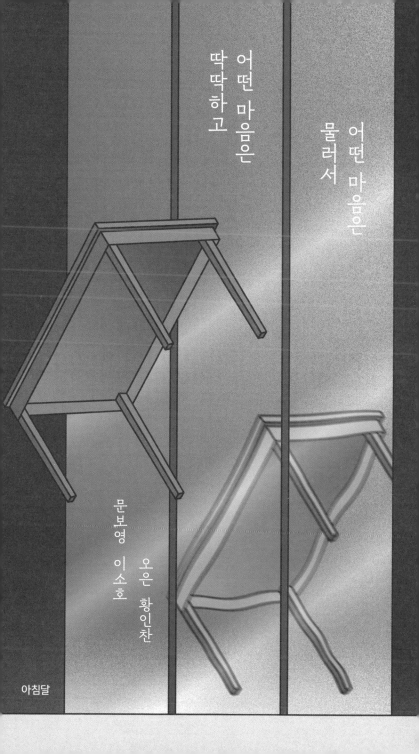

어떤 마음은
물러서

딱딱하고
어떤 마음은

문보영 이소호 오은 황인찬

아침달

우리의 마음이 같고도 달라서

사람들의 일상은 서로 다르고도 비슷합니다. 잠에서 깨어 하루를 시작하고, 집과 학교와 회사에서 각자의 일과를 마치고, 친구를 만나거나 미디어를 통한 세상을 접합니다. 매순간 여러 감정들을 겪다가 지칠 때가 오면 새로운 하루를 시작하기 위해 잠을 청합니다. 날마다 비슷한 틀 안에서 조금씩 다른 장소와 관계 속에 놓이기도 하는 것, 우리의 일상이고 인생입니다.

시들 또한 서로 다르고도 비슷합니다. 어떤 시는 쉽게 읽히고 어떤 시는 어렵게 읽힙니다. 어떤 시는 그림처럼 잘 보이고 어떤 시는 시인이 직접 말하는 것 같습니다. 어떤 시는 풍부한 감정을 담고 있고 또 어떤 시는 건조하면서도 선명한 시선을 가지고 있습니다. 저마다 다른 스타일과 뉘앙스이지만, 그러면서도 모든 시는 오늘을 함께 살아가는 우리의 삶과 긴밀하게 이어집니다.

　일상은 시가 시작되는 시간이고 장소입니다. 그런데 이 똑같아 보이는 우리의 일상 어느 곳에 시가 숨어 있는 것일까요? 시인들은 어떤 눈으로 세상을 바라보기에 일상 속에 숨어 반짝이는 시의 조각들을 발견하는 것일까요.

　우리의 일상 속에 깃든 시의 마음을 알아보고자 개성 강한 네 명의 시인들이 쓴 다섯 편의 시, 그리고 각각의 시와 관련된 산문을 한데 엮었습니다. 우리가 사실과 환상의 경계로 여행을 떠날 수 있게 만드는 문보영, 일에 치이며 바삐 살아가는 현대인의 고통과 우울에서 공통 정서를 건져내는 이소호, 보통 사람의 보통 시간 속에서 시가 탄생하는 순간을 아름답게 포착하는 오은, 지난 시절에 관한 기억과 오늘을 사는 우리의 마음에서 눈부신 장면을 찾아 보여주는 황인찬. 이들의 시와 산문을 통해 시의 자리가 우리의 일상과 그리 먼 데 있지 않다는 사실을 기쁘게 재확인하기를 바랍니다. 이로써 시에 숨어 있는 단단하고도 부드러운 마음들이 더 생생하게 감각되길 바라는 마음입니다.

2023년 10월
아침달 편집부

Part. 1

문보영

오은

Part. 1   문보영

재단사들

● 　처음 그곳에 갔을 때 내 시선을 끈 것은 사서들이 밑단이 긴 아주 큰 옷을 짓고 있는 모습이었다.

　도서관은 네 개의 건물이 중앙 정원을 둘러싸고 있는 형태이며 정원에는 분수가 있다. 도서관을 처음 방문한 날 사서는 내게 다가와 도서관에 가방을 들고 들어와선 안 된다고 경고했다. 주위를 둘러보니 가방을 들고 온 사람은 나뿐이었다. 책상에는 여러 사물들이 널브러져 있었지만 가방은 없었다.

● 　가방은 분수대 옆에 버리고 내용물만 챙겨 올라와야 해요.

　사서는 말했다.

　도서관의 사서는 사람이 버린 가방을 가져다 자신들이 입을 겨울옷과 그들의 자녀가 입을 외투를 짓는다. 사서가 받는 월급은 그게 다다.

　분수는 세 층으로 되어 있고 물은 두 번에 걸쳐 떨어진다. 콸콸 떨어지는 대신 돌에 난 구멍으로 새어 나와 아래로 떨어진다.

다 주고 가버리기

불안 속에서 홀로 비행기에 탑승했다. 실수로 친구와 다른 항공권을 구매했다는 사실을 출국 전날 깨달았다. 내 항공편은 친구보다 하루 전에 출발하는 항공편이었다. 이스탄불을 경유해 리스본으로 가야 하는데, 경유가 처음이어서 내심 불안했다. 평소에는 며칠이고 혼자서 잘 있는데 이상하게도 기내에서 긴 시간을 혼자 지낼 생각을 하니 막막했다. 평소에 못 본 영화 세 편을 다운로드했고, 읽을 책 두 권과 노트북도 챙겼다. 그리고 목에 거는 독서 등과 친구를 대신할 돼지 인형, 양치 도구 그리고 좋아하는 엽서도 챙겼다. 심지어 열 시간을 어떻게 보낼지에 관한 자세한 계획표도 작성했다! (평소에 계획을 잘 세우지도 않는데.) 그러다 문득 내가 지나치게 불안

해하고 있다는 사실을 깨달았다. 불안하니까 계획을 잔뜩 세우고 있었던 것이다. 어떤 근본적인 불안이 나를 사로잡고 있다는 느낌이 들었다.

소지품이 잔뜩 담긴 짐 가방과 함께 비행기에 탑승했다.

내가 배정받은 좌석은 갤리 옆 좌석이었다. 그 덕에 승무원들이 분주히 일하는 모습을 구경할 수 있었다. 처음 내 눈에 들어온 건 버튼이 여러 개 달린, 금고처럼 생긴 기계였다. 비상시에나 사용할 것처럼 생긴 붉은색 버튼은 알고 보니 오븐 버튼이었다. 오븐 안에는 포일로 덮인 기내식이 층층이 쌓여 있었다. 그리고 그 옆에는 커피 머신 세 개가 놓여 있었다. 이 외에도 갤리에는 냉장고, 급수대, 쓰레기통, 점프 시트 등 많은 것들이 있다. 아래쪽에는 바퀴 달린 카트가 줄지어 수납되어 있었다. 카트를 열면 층이 나누어져 있고 승무원은 그 안에 데운 식사를 넣는다. 안경을 쓴 남자 승무원은 카트 위에 철제 트레이를 올리고 그 안을 아름답게 세팅했다. 오렌지 주스, 사과 주스, 체리 주스, 생수, 콜라, 커피와 스낵, 그리고 대충 만든 것처럼 생긴 모닝 빵 등이 잔뜩 담겼다. 카트가 다가올 때는 언제나 설렌다. 승무원은 카트에서 기내식을 꺼내 승객에게 건넸다. 그리고 커다란 투명 비닐에서 빵을 한 개씩 꺼내 나눠주었고 승객이 원하는 음료를 종이컵에 따라 주었다. 하지만 승객들은 더 요구한다. 콜라를 한 잔 더 달라고, 커피를 달라고, 와인을 달라고, 기내식을 더 먹고 싶다고, 담요를 달라고, 이어폰을 달라고. 그 때문에 예의 승무원은 뻔질나게 갤리를 들락거렸다. 갤리 선반에는 내용물이 반쯤 남은 페트병이 여러 통 놓여 있었다. 승무원은 종이컵에 주스를 따르고 승객이 요청한 위스키 한 병 챙겼다. 그는 꺼내고, 꺼내고 또 꺼낸다. 비우고, 수납하고, 치운다. 나는 승무원이 갤리에 있는 온갖 사물을 활용하고 사용하고 건드리는 모습을 관찰했다.

그가 왠지 부러웠다. 그는 남기지 않고 모두 사용한다. 그는 다 줘버린다. 준비한 것들을 깡그리.

식판을 회수한 승무원은 카트를 끌고 갤리로 돌아왔다. 갤리는 꽤 어질러진 상태였다. 그는 커튼을 탁, 하고 쳤다. 안에서 덜그럭거리는 소리가 들렸다. 시간이 얼마나 흘렀을까. 정리를 마친 승무원은 커튼을 열어 고정 끈으로 묶었다. 그리고 버튼 세 개를 눌러 조명을 껐다. 갤리는 원상태로 돌아갔다. 다 줘버렸지만 겉모습은 그대로다. 속은 텅 비었는데 생긴 게 그대로라고? 나는 그 사실이 의아하다.

다음에도 그에게는 사람들에게 나눠줄 것이 한가득 생길 것이다. 그리고 그것을 사람들에게 모두 나눠줄 것이다. 그다음엔 정리하고 처음으로 돌아갈 것이다. 매일 그 짓을 반복할 것이다.

이 장면들을 관찰하고 구경하느라 시간이 훌쩍 지나갔다. 다운로드한 영화는 한 편도 보지 않았고,

책도 읽지 않았으며 글도 쓰지 않았다. 그저 분주히 일하는 승무원과 불 꺼진 기내 갤리를 구경했다. 그리고 계획한 것을 아무것도 하지 않았는데 시간이 흘러버린 것에 감사했다. 더불어 어느새 나의 불안이 잦아든 것을 느꼈다. 나는 식곤증과 함께 푹 잠들었다. 그러나 갤리에서 들리는 작은 소리 때문에 선잠을 자느라 나는 현실과 꿈 어딘가에 걸쳐져 있었다. 그리고 난 잠결에 백팩을 멘 승무원을 본 것 같다.

그는 기내 복도를 총 총 총 걸어갔다. 그리고 그 사람은 되돌아오지 않았다.

적응을 이해하다

사람은 눈을 깜빡이는 데 평균 0.4초 걸린다. "너무 빠른 거 아니야?" 올리비아는 인간이 좀 더 느리게 살 필요가 있다고 생각한다. 느린 삶에는 화장실에 더 오래 머물기, 운동 안 하기, 천천히 눈 감았다 뜨기 같은 것이 포함된다. 올리비아는 상대방이 대화 도중 눈을 깜빡일 때마다 0.4초 간격으로 죽었다가 살아 돌아온다고 느꼈다. 또는 다른 사람으로 변신한다고. 그렇다면 인간은 하루에 1만 5000번 변신하는 셈이다. 이는 내가 절대로 나에게 적응할 수 없는 이유에 대한 실마리를 제공한다. 그는 눈을 덜 깜빡이되 눈을 감고 있는 시간은 더 길어져야 한다고 믿는다. 올리비아가 구상 중인 세계의 인간들은 한 번 눈을 깜빡일 때 평균 3초 걸린다. "나는 우리가 조금 더 오래 눈을 감고 있을 필요가 있다고 믿어요. 나는 그게 인간의 건강에 더 좋을 거라고 확신해요." 그가 지어낸 세계 — 그는 느끼다와 지어내다를 같은 개념으로 사용한다 — 에서 인간은 나이를 먹을수록 눈을 깜빡이는 속도가 현저히 느려져서 그 속도로 나이를 가늠한다. 가령, 80세 노인은 눈을 깜빡일 때 10초 걸린다. 두 노인이 대화를 나누며 번갈아 10초씩 눈을 감는다. 그래서 장기나 체스 한 판을 끝내는 데 시간이 오래 걸린다.

　사람들은 눈을 너무 오래 감고 있는 나이 든 사람을 가리켜 이렇게 말한다.

　"저 사람은 적응하고 있다."

　라고.

　　　　　　　　　　방음 구슬에 사는

　　　　　　　　올리비아의 딸은 물었다.

　"엄마, 할아버지는 왜 저렇게 눈을 오래 감았다

　　　　　　　　　　　　　　　떼?"

　　　　　"할아버지는 적응 중이셔."

　　　　　　　　　　　　"어디에?"

　올리비아가 생각하는

　이상적인 인간은 다른 사람들보다 조금 더 지쳐

있는 존재다.

여행사의 트렁크

리스본에 도착한 다음날 소롱포(친구의 별명)가 도착했다. 떠나기 몇 주 전 소롱포는 개인적인 사정으로 가족과 함께 살던 집에서 나오게 되었다. 소롱포는 곧 여행을 떠나는 마당에 집을 구하는 게 애매해서 에어비앤비를 전전하다가 가진 짐을 몽땅 들고 리스본으로 왔다. 트렁크에는 겨울옷, 천사 조각상, 타로 카드, 노란색 장갑, 양초, 각질 제거기, 와인 오프너 등이 있었다. 여행에 필요한 것은 없고 여행에 필요 없는 것은 있었다. 그녀는 여행자라기보다 만물상에 가까웠다.

"어차피 다 버릴 거야. 필요한 건 여기서 살 거고."

소롱포는 말했다. 그런데 여행에 불필요한 이 물

건들은 예기치 못한 순간에 기능을 발휘했다. 포르투의 한 에어비앤비에서 머물 때였다. 조금만 전기를 써도 자꾸 정전이 났다. 소롱포의 말에 따르면 유럽은 전기료가 비싸서, 에어비앤비 호스트가 전기의 사용 한도를 정해놓는다는 것이었다. 다행히 우리는 소롱포의 트렁크에서 작은 양초를 꺼내 불을 켤 수 있었다. 깜깜한 밤에 우리는 양초를 켜고 아이스크림과 요거트를 먹었다. 소롱포와 나는 그 이후로도 종종 "나 그거 있어" "그게 왜 있어?"와 같은 문답을 주고받았고, 열 때마다 의외의 물건이 나오는 소롱포의 트렁크에서는 후광이 비치는 것 같았다. 소롱포의 자동 와인 오프너 덕에 우리는 와인병을 쉽게 딸 수 있었고, 머리맡에 성스러운 천사 조각상을 두고 잠들 수 있었으며 무료할 때 타로 카드로 앞날을 점쳤고 발꿈치 각질도 제거할 수 있었다. 소롱포의 쓸모없는 물건들 덕분에 사치를 부릴 수 있었다. 그 대신 소롱포는 여행 필수품—로션, 여름옷, 속옷, 양치도구, 보조 배터리, 충분한 현금 등—이 없었다. 와인병은 쉽게 딸 수 있는데 이는 못 닦는 식이었다. 가장 문제가 되는 건 팬티였다. 팬티를 두 장밖에 가져오지 않아서 그녀는 이틀에 한 번꼴로 코인 빨래방에 갔다("집에서 나올 때 각질 제거기랑 와인 오프너는 챙겨놓고 왜 팬티는 두 장밖에 안 챙겼냐?" 나는 물었다). 게다가 알레르기 때문에 한 번 쓴 수건을 다시 쓰면 피부에 여드름이 나서 수건도 거의 매일 뺄아야 했다. 아침에 눈을 뜨면 소롱포기 없었다. 수건과 그날 입을 팬티를 빨러 코인 빨래방에 갔던 것이다. 여행까지 와서 매일 빨래를 하러 가는 게 귀찮지 않냐 묻자 소롱포는 세탁기 안에서 자신의 팬티와 수건이 형체를 잃은 채 돌아가는 모습을 바라보고 있으면 마음이 편해진다고 말했다. 멈추지 않을 것처럼 돌아가는 세탁물의 회오리를 보고 있으면 시간이 잘 간다고.

사실 소롱포가 유럽 여행을 떠난 것은 스위스의 디그니타스에 방문하기 위해서이다. 디그니타스는 스위스의 합법 존엄사 단체이다. 디그니타스는 까다로운 절차와 엄격한 심사를 통해 회원을 선별한다. 소롱포는 몇 달간 각고의 노력으로 디그니타스의 회원으로 받아들여졌다. 현재까지도 그녀는 연회비 40만 원을 지불하며 회원 자격을 유지하고 있다.

소롱포가 디그니타스에 가입했을 때는 그녀가 당장이라도 죽고 싶은 시절이었다. 그런데 디그니타스의 회원 가입 서류를 준비하는 데만 3개월이나 걸렸다. 게다가 존엄사 비용 3천만 원을 준비해야 했는데 여기에는 행정 처리 비용, 의사 자문 비용, 디그니타스 공헌비, 항공료 및 호텔 비용, 장례 비용 등이 포함된다. 너무 비싼 게 아닌가 싶을지 모르지만 스위스 물가가 거의 세계 최고라는 사실을 감안하면 이해가 안 되는 것도 아니다('스위스에 한 번 간 사람 말고 두 번 다녀온 사람과 결혼하라'는 말이 있다).

좌우간 자금을 모으느라 시간이 흘러 그녀는 어느덧 죽고 싶은 구간을 지나, 죽고 싶은 것도 아니고 딱히 살고 싶은 것도 아닌 일명 '권태 구간'에 정체되어 있었다.

가입 절차가 까다롭고 준비 시간이 긴 것은 다이유가 있는지도 모른다. 다시 생각할 시간을 주는 것인지도.

여하튼 소롱포는 열심히 모은 3천만 원을 저금하는 차원에서 주식에 부었는데 주식이 망하는 바람에 돈을 날렸다.

"주식이 널 살렸네. 죽지 말라는 신의 계시임."

그런데 코로나가 터진 이후 디그니타스도 운영에 문제가 생겼는지, 아무 연락도 없고 메일을 보내도 답장이 오지 않는다는 거였다. 그래서 소롱포는 직접 찾아가야겠다는 생각을 했다. "연회비를 꼬박꼬박 40만 원이나 내고 있는데 아무 연락도 없다니!" 그녀는 말했다. 그래서 소롱포는 유럽에 가는 김에 스위스에 들려야겠다고 생각했던 것이다. "그런데 거길 꼭 가봐야 해?" 나는 물었다. "그냥 검사검사 가는 거지. 너랑 여행도 하고." "그런데 가서 뭐 할 건데?" "음, 그냥 이것저것 좀 물어보려고." "어떤 거?" "그건 나도 잘 모르겠어." 소롱포는 지금 당장 죽고 싶은 게 아니었다. 하지만 언젠가 자신이 죽는다면 스위스에서 죽을 것이라고 막연히 생각하는 듯했다.

"내 묫자리를 보러 가는 여행인 거야. 그리고 집

을 봐야 해."

소롱포가 말했다.

"무슨 집?"

"최근에 한 유명한 사람이 그곳에서 존엄사했거든? 디그니타스는 보안을 철저하게 유지하기 때문에 회원들이 어떻게 죽음을 맞는지 외부에 잘 노출하지 않아. 그런데 그 사람을 찍은 사진이 유출된 거야. 배경은 아주 환한 집이었어. 그 집은 디그니타스의 아파트야. 죽으러 가는 아파트지. 그는 사랑하는 친구와 가족들에게 둘러싸여 있었어. 그들의 지지와 격려 그리고 기도, 무엇보다 사랑 속에서 죽음을 맞이했지. 햇빛이 쏟아지는 걸 보니 창문이 아주 큰 집인 것 같아. 난 꼭 그 집을 보고 싶어."

나는 한 사람이 푹신한 안락의자에 파묻혀, 사랑하는 사람들 곁에서 조용한 미소와 함께 죽음을 맞이하는 어떤 장면을 떠올렸다.

"그런데 거기서 안 죽을 수도 있는데 연회비 40만 원은 너무 비싸지 않아?"

나는 물었다.

"그건 디그니타스와 나, 서로에 대한 신뢰야."

그녀가 말했다.

"어떤?"

"죽기 직전에 가입하면 진정성이 떨어지잖아. 오직 죽기 위해서만 단체의 회원이 된 것으로 생각할 테니까."

"다른 이유로 가입하는 게 더 불순한 거 아니야?"

"난 신뢰를 받고 싶거든. 그래야……."

"그래야?"

"정말 죽고 싶을 때 그들이 도와줄 테니까."

"죽지 마. 그리고 지금은 괜찮잖아. 나랑 여행도하고!"

"언제 갑자기 죽고 싶을지는 아무도 모르는 거니까. 그건 정말 모르는 거야. 내 시력도 언제까지 버텨 줄지 모르고."

소롱포는 말했다.

"그리고 햇빛이 잘 드니까 괜찮아."

소롱포는 덧붙였다. 그러고는 빨래방에서 가져온, 다시 살아난 팬티와 수건을 곱게 개어 자신의 트렁크에 넣었다. 우리는 아침으로 망고와 우유를 먹을 생각이었다. 그런데 망고를 자를 칼이 없었다. 소롱포의 트렁크에도 과일칼은 없었다. 소롱포는 내게 칼 없이 망고를 먹는 방법을 알려주었다. "손톱으로 찔끔찔끔 벗기면 안 돼. 과일을 조금 버린다는 생각으로, 엄지로 표면을 푹 찔러서 껍질을 북북 찢으면 돼." 소롱포는 말했다. 우리는 망고를 맛있게 먹었다. 친구는 내일도 내가 자는 사이 빨래방에 다녀올 것이다. 그날 입을 팬티를 빨러.

사람을 버리러 가는 수영장

어느 날, 애인과 선베드가 있는 야외 수영장에 갔다. 애인과 나는 모서리에 걸터앉아 두 다리를 물에 적셨다. 입수하려 하자 안전요원이 호루라기를 불며 손을 저었다. 우리는 두 다리를 물에서 빼냈다. 그러고는 일어나 준비 운동을 하고 수영장 모서리에 있는 철제 사다리로 향했다. 이번에는 안전 요원이 호루라기를 불며 구명 의자에서 내려오더니 우리를 향해 다다다닥 달려왔다. "들어가시면 안 됩니다!" 그는 주황색 반바지를 입고 있었고, 선글라스를 쓰고 있어서 사람을 보면서 사람을 보지 않는 듯한 느낌을 주었다. "청소 시간인가요?" 애인이 물었다. 안전요원은 알 수 없는 표정을 짓더니 희미하게 한숨을 내쉬었다. 그제야 우리는 이 수영장에서 수영을 하는 사람이 한 명도 없다는 사실을 깨달았다. 사람들은 모두 수영복을 입고 있었고, 몸을 닦거나 덮을 커다란 샤워 타월도 갖고 있었다. 다만 아무도 물속으로 들어가지 않았다. 그들은 그저 물을 구경하고 있었다. "자기야, 내 생각에 이곳은 물을 구경하는 곳 같아." 애인이 말했다. "그게 무슨 소리야?" "저길 봐…" 애인은 수영장 바닥에 보석이라도 떨어져 있는 것처럼 물속에서 일렁이는 푸른 시멘트 바닥을 바라보고 있었다. "아무것도 없는데?" 애인은 내 말을 듣고 있지 않았다. 그때 나는 알았다. 뭔가 변해버렸다는 것을. 그렇게 한 시간이 지났다. 나는 피로했다. 애인과 함께 우리의 것도 아닌 바닥을 하염없이 바라보는 일에. 그러나 그의 눈에 보이는 것이 나에게는 보이지 않는다는 사실에 대해 내가 사과해야 할까? "이제, 갈까?" 나는 물었다. "먼저 가." 애인은 수영장 바닥에 시선을 고정한 채 대답했다. "뭐가 보인다는 거야? 그저 평범한 물인데." 애인은 정강이를 끌어안은 채 고개를 조금 숙였다. "물속을 계속 보고 있으면, 땅이 나와. 땅이 나오고……… 땅이 나오고……… 땅이 나와………. 그 땅이 나를 내버려 둬. 상처받을 정도로 가만히." 내가 이런 사람을 사랑했던가? 애인은 좋은 사람이다. 별거 아닌 이유로 싸우고 엘리베이터 앞에 서 있을 때였다. 복도의 조명이 꺼지면 나는 없는 사람처럼 가만히 있는 반면 애인은 손짓을 해 불을 켜는 사람이다. 한마디로 그는 좋은 사람이다. 하지만 좋은 사람도 가끔은………. 나는 애인의 바닥이 끝날 때까지 기다렸다. 밤이 되자 우리는 말없이 수영장을 나섰다. 그러나 나는 뭔가 돌이킬 수 없게 되었다는 사실을 알았다. 그날 이후

애인은 걷는 걸 고통스러워했고, 걸음걸이가 조금
달라졌는데 그 이유는, 그가 물고기인데 사람인 척
하고 있기 때문이었다. 그는 그 사실을 너무 오래 참
았던 것이다.

오각형 도서관

리스본에서 지내는 동안 성 나자로 도서관을 자주 방문했다. 성 나자로 도서관은 인텐텐테 역 근처에 위치한 작은 도서관으로 오전 11시에 문을 연다. 지도상으로는 숙소에서 도서관까지 걸어서 삼십 분인데 언덕이 많아서 더 오래 걸린다. 한 시간이 넘게 걸릴 때도 있다. 언덕 때문은 아니다. 가는 길에 딴 길로 새기 때문이다. 하루는 가는 길에 이름 모를 성당에 들렀다. 지난번에는 문이 닫혀서 들어갈 수 없었는데 그날은 문이 활짝 열려 있었다.

들어가니 한 노파가 검은 문과 씨름하고 있었다. 누가 봐도 잠긴 문이었다. 나는 커다란 문을 몸으로 미는 노파에게 다가가 "나가는 문은 저쪽에 있어요."라고 말했다. 그러자 그녀는 미소를 지으며 대답

했는데 모르는 언어여서 알아들을 수 없었다. 그런데 지금 돌이켜보니 "나는 밖으로 나가려는 게 아니라오."라고 말한 게 아니었을까 싶다.

그 사람은 어디로 가고 싶었던 걸까?

성당 내부에는 가로로 긴 나무의자가 줄지어 있었는데 모두 비어 있어서 함부로 앉으면 안 될 것 같았다. 의자를 지나치고, 지나치고, 지나치며 화려한 벽을 구경했다. 벽면은 정교한 조각과 장식으로 가득했다. 그중에 눈에 띄는 것이 있었다. 투명한 관 속에 안치된 예수였다. 관의 모든 면은 투명했고 작은 조명이 달려 있어 내부가 환했다. 바닥에는 얇은 천이 놓여 있었고 예수는 그 위에 누워 있었다. 관 속에 누워 있는 예수상은 다른 성당에서도 종종 볼 수 있었는데 이 조각상은 조금 달랐다. 다른 성당에서 본 예수는 베개에 머리를 대고 편히 잠들어 있었는데 이 예수님은 베개에서 머리를 살짝 띄우고 있었고, 두 팔도 약간 들려 있었다. 예수는 무릎을 살짝 접어 발뒤꿈치와 엉덩이만 바닥에 대고 나머지 부분은 힘을 주어 바닥에서 떼어 놓았다. '베개에 머리 붙이지 않고 누워 있기 자세'라고 할 수 있으리라. 예수님은 관 속에서도 근력 운동을 하고 있었다. 그 모습이 어딘가 감동적인 구석이 있어 오래 바라보았다. 관이 바닥에 놓여 있어서 예수님을 자세히 보려면 허리를 굽히거나 쪼그려 앉아야 했다. 한참 쪼그려 앉아 있다가 일어나 성당 의자에 앉았다. 노트를 꺼내 메모를 끄적이고 있었는데, 종이 위에 빨간 점이 드리워졌다. 예수님? 뒤돌아보니 성당지기가 멀리서 내 노트에 레이저를 쏘고 있었다. 나가라는 뜻이었다. 알아듣기 힘든 언어로 무슨 말을 했는데, 손짓을 보니 끝났다는 뜻인 듯했다. 아직 11시도 되지 않았는데 문을 닫는다고? 게다가 왜 레이저를 쏘는 거지? 의아해하며 주위를 둘러보니, 바글거리던 사람들은 온데간데없고, 커다란 문과 씨름하던 노파도 보이지 않았다. 성당에는 나 혼자였다. 잘못을 저지른 사람처럼 나는 고개를 숙이고 밖으로 나갔다. 성당지기는 내가 나가자 초록 철문을 닫았다. 성당 문이 너무 커서 자물쇠의 열쇠 구멍도 그만큼 컸다. 성당에서 마지막으로 나간 덕에, 나는 성당지기가 손에 쥔 아주아주 큰 금색 열쇠를 볼 수 있었다.

성당에서 쫓겨나 약간 울적한 채로 걸었다. 그리고 도서관에 가서, 온몸에 힘을 준 채 관 속에 누워 있던 예수에 대해 써야겠다고 생각했다.

도서관으로 향하는 길에 재미난 풍경을 많이 보았다. 가는 길은 멀수록 좋다. 글감을 주울 수 있으니까. 도서관에 가면, 오는 길에 본 것들에 관해 끄적인다. 그리고 재미난 것들을 관찰하느라 도서관에 늦게 도착한 나를 조금 예뻐해준다.

그러나 성 나자로 도서관에서 내가 제일 많이 쓴 이야기는 이 도서관에 관한 이야기였다. 성 나자로 도서관에는 아름다운 방이 있다. 그 방은 위에서 내려다보면 이런 모습이다.

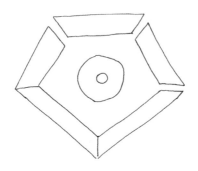

　보르헤스의 소설에 나오는 도서관을 연상시키는 형태로, 다섯 개의 긴 책상이 오각형을 이루며 붙어 있고, 중앙에는 원형 테이블이 있다. 그리고 그 위에 뜬금없이 지구본이 있다. 그리고 중심으로 들어갈 수 있도록 책상 사이에 틈이 벌어져 있다.

　오각형의 중심인 원형 테이블에는 붉은 티셔츠를 입은 남자가 앉아 있었는데, 시력 때문인지 책을 눈에 거의 갖다 댄 채 읽었다. 나는 중앙 테이블이 암묵적으로 그의 전용 테이블이라는 사실을 차차 알게 되었다. 누구나 사용할 수 있지만 아무도 선뜻 오각형의 중심으로 들어가지 않았다. 대부분은 오각형을 이루는 긴 책상이나 창가 좌석을 이용했다. 나도 긴 책상에 앉아 작업했는데, 그러다 보니 자연스레 원형 테이블로 시선이 갔다. 붉은 티셔츠의 사내는 과일 몇 알과 알 수 없는 물건이 들어 있는 검정 비닐봉지를 들고 도서관에 왔고, 매일 똑같은 책을 읽었으며 언제나 붉은 티셔츠를 입었다. 그리고 그는 늘 멀티탭을 사용했다. 그리고 비닐봉지 안에 든 검은색 전자 기계(뭔지 모름)와 휴대폰을 충전했다. (그는 플러그를 통해 다른 세계와 연결되어 있는지도 몰랐다.) 그는 종일 꼼짝하지 않고 그 자리에 있었는데, 하루는 그가 의자에서 일어나는 모습을 볼 수 있었다. 어떤 사람이 스탠드를 켜지 못해 콘센트를 찾고 있을 때, 도와준 것이다. 하지만 그 순간에도 그는 오각형의 내부에서 벗어나지 않고 자리를 지켰다. 내가 이 도서관에 머무는 시간은 2~3시간 정도밖에 되지 않았기 때문에 리스본을 떠나는 날까지도 그가 오각형 바깥으로 나가는 모습은 볼 수 없었다.

어쩌면 그는 그곳에서 나갈 수 없어서 거기 있는지도 모른다.

이 독특한 방에 대해 조금 더 묘사하고 싶다. 방은 이 층으로 되어 있다. 구석에 놓인 나선형 나무 계단을 통해 이 층으로 올라갈 수 있다. 이 층에는 일 층을 내려다볼 수 있는 난간이 있고, 벽은 전부 책장이다.

나는 종종 이 층으로 올라가 일 층을 내려다보곤 했다. 처음 이 층에 올라간 것은 누군가의 그림을 훔쳐보기 위해서였다. 언제부터인가 나는 나자로 도서관에 오는 사람들에 관해 글을 썼다. 구조상 서로를 볼 수밖에 없으니까. 하루는 맞은편에 앉은 사람이 천 두루마리에 그림을 그리고 있었다. 갈색 형광펜의 넓적한 부분으로 같은 선을 반복적으로 긋고 있었다. 나는 그가 그리는 그림이 궁금해서 이 층 난간으로 올라가 몰래 그림을 훔쳐봤다. 그러나 무슨 그림인지 알 수 없었다. 다만 그 그림은 동굴 벽화처럼 오래된 느낌을 주었다. 그리고 중앙 테이블에 지구본이 놓여 있다는 것도 이 층에서 일 층을 내려다보며 알았다. 정작 눈앞에 있을 때는 보이지 않던 사물이 일 층에서 더 잘 보이기도 했다. 그러나 붉은 티셔츠의 사내가 어떤 책을 읽는지 그리고 그가 충전하고 있는 검은 물체가 무엇인지는 알아낼 수 없었다.

나는 이 층의 좁은 복도를 걸으며 유리 전시장 안에 꽂혀 있는 읽을 수 없는 책을 구경했다. 모두 포르투갈어로 된 서적이어서 한 문장도 읽을 수 없을 것이었다. 그 사실이 왠지 위안이 되었다. 읽을 수 없는 책과 읽을 수 없는 사람들에게 둘러싸인 채 일기를 쓰고, 세상을 더듬거리는 것이 성 나자로 도서관이 나에게 준 위로였다.

손실

시

● 물이

무릎까지 솟아올랐다

꺼진다

분수를 바라보고 있는 사람은 나뿐이어서

● 내가 분수를 보지 않으면

물은 낭비된다

물속에 희미한 빛이 있다

네가 낭비되지 않도록 너를 가만히 바라본다

떠나며 뒤돌아본다

수압이 강하여 부상의 우려가 있으니 접촉하지
마세요

분수에서 나오는 물을 마시지 않도록 주의하세요

이런 말은

작별 인사나

안부 인사로 어떤가

우거진 길을 걸어 나가

호두나무를 지나가

나무가 굽이쳐

썩게 놔두기로 한다

지나간 곳을 다시 지나가는 것은

일종의 복습이다

분수가 더 이상 나를 보고 있지 않으므로

나도 얼마간 낭비되고 있다

단조로운 빨래

성 나자로 도서관에서 잠깐 졸았는데 꿈에 엄마
가 나왔다. 꿈속에는 신이 존재했다. 신과 인간은 거
래를 했다. 인간이 신이 정한 날보다 이른 날짜에 스
스로 죽기로 결심하면 죽은 이후 단 하루 돌아올 수
있었다. 제 수명대로 살고 영원히 죽는 것과 조금 일
찍 죽되 단 하루 돌아오는 것 중에 당신은 무엇을 택
하겠는가?

죽음 이후의 하루를 선택한 이들은 신의 창문
이 있는 곳으로 여행을 떠난다. 그 창문은 보통 사람
의 힘으로는 열기 어려울 만큼 무겁다.

프레임이 하얀 창문. 야윈 창문. 사람 키만큼 큰
창문.

창문을 여는 자는 얇고 날카로운 칼에 인중이 베인 듯 얇은 코피를 흘리며 쓰러져 죽는다. 그리고 그들은 몇 년 후, 단 하루 이 세상에 돌아온다.

엄마가 아프다. 엄마는 살날이 얼마 남지 않았다.
엄마는 창문을 열러 가겠다고 했다.

엄마는 안락의자에 앉아 있었고 가만히 있어도 무릎에 올려두었던 담요가 카펫으로 떨어졌다. 그럴 때마다 아빠가 떨어진 담요를 주워 무릎에 올려주었다.
"우리는 그러기로 했단다."
나는 가슴이 찢어진다.
이대로 죽으면 엄마를 영영 보지 못할 테지만 엄마가 창문을 열면, 하루지만 엄마를 다시 만날 수 있다.

아주 오래전에 엄마와 단둘이 여행을 간 적이 있다. 우리는 낯선 곳에서 길을 잃었고 새벽이 되어서 숙소에 도착했다. 숙소는 좁은 골목의 내리막길에 있었고 짐은 엄청나게 무거웠다. 그때 골목에서 한 남자가 나타나 짐을 들어주겠다고 했다. 엄마는 절대 안 된다고 했다. 그 사람은 악의가 없어 보였고 진심으로 우리를 돕고 싶은 듯했다. 행여나 짐을 들어준 대가로 돈을 요구한들 좀 주면 어떤가. 엄마는 절대 안 된다고 했다. 정신을 똑바로 차리라고. "이렇게 무거운데 설마 짐을 들고 도망가겠어?" 나는 반문했다.

그 사람은 사라졌고 골목엔 엄마와 나만 남았다. 가로등의 주황색 불빛과 달빛이 만나면 돌바닥은 얼마간 액체 상태가 된다. 비가 내리지 않아도 골목의 계단은 축축했고 엄마는 내 옆에 있었다. 엄마는 절대 안 된다고 했다. "그 사람은 존재하지 않기 때문이야. 한번 도와주면 집까지 들어올 거야." 엄마는 말했다.

엄마는 내일 죽으러 간다.
그리고 엄마는 어느 날
단 하루 돌아온다.

조그만 엄마는 죽기 위한 열망인지 살고자 하는 의지인지 알 수 없는 힘으로 창문을 밀었다.

창문이 열리고 만다.

창밖으로 건너편 건물의 창문에 걸린 연분홍색 빨래가 펄럭였다. 그 위로는 붉은 지붕이 보였고, 지붕에는 새들도 앉아 있었다. 그들은 한꺼번에 날아갔다. 지붕이 부드럽게 부서져 모서리부터 떨어져 나가듯 그렇게 갔다. 그리고 알려진 대로 엄마는 희미한 코피를 흘리며 쓰러졌다.

아빠와 나는 빨래가 다 마를 때까지 거기 서 있었다.

직전의 물병

시

무슨 생각을 하며 식탁을 치우다가 물병이 바닥에 떨어져 깨졌다. 그것은 넘어질 때 내 손을 치며 손등에 상처를 내었다. 그런데 나를 치던 순간의 물병은 깨지기 이전 상태로 조각이나 모서리가 생기기 전이었는데 어떻게 내 손등을 벨 수 있었을까? 너무 순식간에 친 장난이라 아무도 모를 거라고 물병은 생각했는지도 모른다. 그게 아니라면 나는 시간으로부터 돌출된 존재가 되어 미래의 깨진 유리 조각에 긁히고 돌아온 것일까? 맞닿은 면이 힘겹게 떼어지는 느낌이 들었고, 그렇기에 다쳤구나, 흐르는 물에 손을 씻어야겠다, 소독을 하고 연고를 바르고 밴드를 붙여야겠다는 생각을 했다. 유리병은 와장창 깨지는 대신 열대 과일이 쩍하고 벌어지듯 깨졌다. 어디로 튀지도 않고 그 자리에 가만히 돋아났다. 그 점이 수상한 것이다. 나는 다친 손에 대일밴드를 붙인 뒤 비닐봉투에 유리 조각을 쓸어 담았다. 피가 많이 나는구나. 나는 조금 달라졌구나. 유리를 담다가 피가 묻은 밴드를 떼어 손을 씻는다. 연고를 바르려는데 상처가 보이지 않는다. 눈을 씻고 찾아도 손은 깨끗하다. 나와라, 나와라, 나와라, 상처여. 있던 네가 없어졌다면 그건 내가 시간을 또다시 잘못 살고 있다는 걸까? 상처가 생기기 전으로 돌아갔거나 상처가 사라진 미래로 건너가버렸다는 것인데, 이로써 과거도 현재도 미래도 아닌 오리무중이라는 시간에 처박힌 거라면 나는 왠지 미소 지으리라. 그리고 어느 날 그릇을 닦다가 손등에 붉은 실이 있어 손을 갖다대니 실이 넓게 퍼져 상처가 거기 있구나, 한다. 또 다른 나의 모습이 번거롭다. 시간이 주어졌음에도 피는 왜 마르지 않았을까. 이 모두를 종합해볼 때 상처는 생기기 전부터 나를 보고 있었던 것이다.

소원들

포르투갈의 항구도시 포르투에 위치한 클레리구스 성당과 종탑은 18세기 초 이탈리아 건축가 니콜라우 나소니에 의해 설계되었다. 의뢰를 받은 나소니는 무보수로 성당을 짓겠다고 했다. 그 대가로 그가 요구한 것은 자신이 설계한 성당에 묻히는 것이었다. 당시 사람들은 죽은 후 성당에 묻히면 별다른 검문 없이 하늘로 직행한다고 믿었다.

클레리구스 종탑은 포르투갈의 빅벤으로 상단에 커다란 시계가 달려 있다. 시간은 3~4분 느리다. 그런데 정확한 시간을 알려주지 않는 이 시계탑에 불만을 제기하는 사람은 별로 없다. 사람들은 오히려 클레리구스 종탑을 좋아하는데 시계를 보고 있노라면 내 인생만 틀린 게 아니구나, 하는 위안을 얻기 때문이나.

약간은 틀려도 된다는 위안을 제공하는 클레리구스 종탑에서 5분도 안 되는 거리에 회색의 렐루 서점이 있다. 렐루 서점은 세상에서 가장 아름다운 서점 중 하나로 간판 상단에 '144'라는 의미심장한 숫자가 적혀 있다. 이 숫자는 복권 당첨 번호다. 1869년 에르네스토 샤드론이라는 남성은 144라는 숫자로 복권에 당첨되었고, 그 당첨금으로 서점을 열었다. 샤드론이 죽고 난 뒤 서점은 렐루 형제에게 매수되었으며, 이 시기에 렐루 서점은 포르투갈의 주요 문학 수출, 수입 업체로 성장한다. 나는 렐루 서점을 여러 차례 방문하며 작은 이야기를 지었다.

*

렐루 서점에 입장하려면 비둘기 세 마리를 데려와야 한다. 렐루 서점이 언제부터 그리고 왜 비둘기를 상납받는지는 모른다. 렐루 서점은 입장 티켓을 소지한 자만 들어갈 수 있는데 비둘기 세 마리를 데려오면 서점의 왼쪽 모퉁이에서 입장권을 끊어준다.

서점은 늘 방문객으로 북적인다. 줄을 선 사람들은 대부분 관광객이었고 그들은 입장권을 끊으려고 기다리고 있었다. 그러나 렐루 서점에 들어갈 수 있는 사람은 없었다. 서점에서 나온 검은 망토의 서점 지기가 렐루 서점에 들어가는 방법에 대해 설명했다.

"비둘기 세 마리를 데려오면 렐루 서점에 들어갈 수 있습니다. 당신의 행운을 빕니다."

사람들은 그 말을 농담으로 받아들였다. 그러나 서점지기의 진지한 표정과 반복되는 안내에 고개를 갸웃거렸다. 그리고 티켓을 살 수 없자 분노를 쏟아냈다. 푸른 모자를 쓴 미국인은 내일 포르투를 떠나기 때문에 비둘기를 잡으러 갈 시간이 없다고 사정했지만 서점지기는 "당신의 행운을 빕니다."라는 말을 반복할 뿐이었다. 대부분은 렐루 서점 앞에서 기념사진을 촬영한 뒤 자리를 떴고, 몇은 비둘기를 잡으러 떠났다. 나도 그들 중 한 명이었다.

도시 비둘기는 호락호락하지 않다. 그들을 잡는건 절대 쉬운 일이 아니다. 더구나 사정을 꿰고 있는 포르투의 비둘기들은 인간에게 자신이 원하는 것을 요구할 줄 아는 협상의 달인이다. 가령, 비둘기는 인간에게 〈아베 마리아〉를 불러달라고 한다. 혹은 〈아베 마리아〉를 부르는 길거리의 성악가에게 자신을 데려다주기를 요청한다. 왜 그들이 날개라는 유용한 이동 수단을 놔두고 인간의 어깨에 앉아 이동하는지는 알 수 없었다. 생각해 보면 포르투에 온 이후로 날아다니는 새를 본 적이 거의 없었다. 그들은 가급적 날개를 사용하지 않으며 웬만한 거리는 걸어 다닌다.

내가 처음 만난 비둘기는 세바스찬으로, 그는 전지 위에 동루이스 다리와 돛단배를 그리는 노인의 주변을 서성이고 있었다. 노인은 바닥에 놓인 종이가 날아가지 않도록 사면을 투명 테이프로 붙인 채 무릎을 꿇고 그림을 그리고 있었다. 울퉁불퉁한 돌바닥으로부터 무릎을 보호하기 위해 낡은 천을 무릎 깔개로 사용했는데 그가 하늘을 그릴 때, 그리고 다리의 아치 부분을 그릴 때 낡은 깔개도 그와 함께 옮겨 다녔다. 사람들이 종종 그림을 밟고 지나가는 바람에 그림에 발자국이 찍히기도 했는데 그것은 하늘의 구름을 대신했다. 그리고 땅에 찍힌 발자국은 무언가의 그림자가 되었다. 노인은 종일 그림을 그렸고 비둘기는 내 머리에 앉아 노인의 그림을 조망했다. 도시의 비둘기들은 곧잘 인간의 정수리를 자신의 사적인 전망대로 이용했다.

세바스찬 외에 내가 만난 비둘기는 알렉산드라와 조셉이다.

*

렐루 서점에 들어가고 싶은 사람들은 비둘기 세 마리의 소원을 들어주어야 하고, 서점은 도시 비둘기의 영혼을 위로하기 위해 존재한다. 비둘기는 거만하지만 교양 있었고 예술을 알았다. 비둘기의 소원을 들어주는 데 한 시간이 걸리는 사람도 있고 며칠이 걸리는 사람도 있다. 그리고 너무 오래 걸리는 사람도 있었다. 비둘기의 시중을 드느라 비행기를 놓치는 이도 있었는데 그들 중 몇은 비행기를 놓치고 나서야, 돌아가지 않는 것이 자신의 오래된 소원이었다는 것을 깨달았다. 비둘기의 소원을 경유해 자신의 소원을 알게 되는 식이었다.

'돌아가지 않음'은 여행의 묘미였다. 여행의 재미를 알게 된 여행자들은 비둘기의 노예가 되어, 죽을 때까지 하루에 한 번씩 비둘기의 소원을 들어주었고 렐루 서점에 들어가는 일을 영영 미루었다. 포르투를 찾은 자들은 과거의 삶을 잊고 만족한 노예가 되어갔다.

뭔가를 잊고 싶은 사람은 렐루 서점을 찾았고 따라서 렐루 서점은 사람의 발길이 끊일 날이 없었다.

*

나는 내 어깨와 정수리에 앉은 세바스찬, 알렉산드라 그리고 조셉과 함께 렐루 서점으로 들어갔다. 낡은 목재 매대에는 작은 책이 전시되어 있고 바닥에는 여러 개의 선로가 겹쳐져 있었다. 작은 책 수레가 지나가는 선로였다. 사람들은 수레에 책을 담았다. 나는 이동 중인 책 수레를 피해 계단으로 걸어갔다.

렐루 서점의 명물은 붉은 융단의 계단인데 사실은 붉은색으로 돌을 페인트칠한 것이다. 계단은 중간에 두 개의 길로 갈라지고 다시 하나로 합쳐진다.

그러나 2층에 가닿지 못하고 도중에 끊겨 있다. 2층이 너무 높아서 계단도 자신이 어디까지 가야 하는지 알 수 없었던 것인데 세바스찬, 알렉산드라 그리고 조셉은 이 사실에 만족하는 듯했다. 나는 그들의 지시에 따라 계단 끝까지 올라갔다. 우리는 끊어진 붉은 계단 끝에서 천장을 바라보았다.

렐루 서점에는 천장이 없다. 렐루의 천장은 하늘보다 높다. 따라서 비둘기는 하늘보다 높은 곳으로 날아갈 수 있었다. 그것은 세바스찬, 알렉산드라 그리고 조셉의 마지막 소원이었다. 그들은 내게 인사도 남기지 않고 동시에 날아올랐다. 사실 나는 그들이 나는 모습을 처음 보았다. 그렇다고 뭐 대단한 것이 있는 건 아니었다. 그저 평범한 새들이 나는 것과 같았다. 다만 아무 소리도 들리지 않았다. 그들은 열린 곳으로 갔다. 도시의 또 다른 비둘기들도 이곳을 떠났다.

"저쪽 세상에서 문 잠그는 것을 깜빡했나 보구려."

골목에서 본 화가가 어느새 내 옆에 서 있었다. 그 역시 비둘기들을 떠나보냈다.

나는 계단을 내려왔다. 노인은 조금 더 머물다 내려왔다. 계단은 아직 거기 있다.

모자 구출하기

1.

　숙소 옆엔 커다란 원형 주차장 건물이 있다. 주차장을 끼고 내려가면 금방 붐비는 거리가 나온다. 조앤 롤링이 《해리 포터》를 썼다는 마제스틱 카페를 지나 걷다가 벽에 기대어 있는 널빤지를 보았다. 빨간 글씨로 "ART TO SELL"이라고 적혀 있었다. 그리고 벽 유리에는 그림이 빽빽하게 붙어 있었다. 그중 학처럼 길고 가는 다리를 가진 사람들이 검은 해를 사이에 두고 서로 다른 방향을 보고 있는 그림이 눈에 들어왔다. 그림들은 비슷하지만 조금씩 달랐다. 모두 베이지색 천에 그린 것들이었고 접착력이 크지 않은 노란색 종이테이프로 붙어 있었다. 처음에는 그림을 파는 상점이거나 전시장인 줄 알고 안으로 들어갔는데 내부는 보석 가게였다. 매대에는 빛나는 보석이 가지런히 진열되어 있었다. 아마 화가가 그림을 팔 수 있도록 보석 가게에서 벽을 빌려주었던 것이리라. 그런데 정작 그림의 주인은 보이지 않았다. 화가의 것으로 추정되는 백팩만이 판자 뒤에 숨겨 있을 뿐이었다. 그래서 그림을 살 수 없었고 그림과 보석 가게의 관계도 알 수 없었다.

2.

허기져서 피자집에 들어가 테라스에 앉았다. 피자를 기다리는데, 한 청년이 바닥에서 무언가를 찾고 있었다. 그는 플라스틱 의자들 사이에 쪼그려 앉아 두리번거렸다. 잃어버린 물건이 작은 물건인 모양이었다. 얇은 귀고리나 실핀 같은 거라면 찾기 힘들지도 모른다. 바닥이 돌길이어서 틈이 많기 때문이다. 그를 구경하는 사람은 나 혼자가 아니었다. 옆자리에 앉은 노부부도 그를 구경하고 있었다. 그들은 그가 찾는 일에 충분히 실패하기를 기다리며 웃고 있었다. 그러더니 "거기 있잖아, 거기" 하고 귀띔해주었다. 그들은 붉은 플라스틱 의자 하나를 가리켰다. 그 위에 뭔가 있었는데 너무 작아서 정체를 알 수 없었다. 그는 고마워하며 물건을 주워 입에 물고 사라졌다. 자신이 피우던 담배였던 것이다. 신기하게도 여전히 불이 붙어 있었다. 그나저나 어떻게 하면 담배를 피우다가 담배를 잃어버릴 수 있을까?

3.

관광지와 반대 방향으로 걸으니 묘지가 나왔다. 묘지로 가는 길은 한적했고 언덕이 없어서 걷기 좋았다. 그런데 개방 시간이 지나 들어갈 수 없었다. 묘지 담벼락 아래에는 낡은 매트리스가 떨어져 있었고 그 위에 고양이가 누워 있었다. 매트리스와 묘지. 매트리스를 묘지 안에 두는 건 어떨까. 죽은 뒤에 묘지에 묻히면, 부디 매트리스를 깔아달라고 부탁하고 싶다. 묘지 안에 누워 있을 사람들은 등이 따갑지 않을까?

묘지는 한 번도 개방된 적이 없을지도 모른다.

걷다 보니 의도치 않게 인판트 다리에 도착했다. 인판트 다리는 동루이스 다리에 비해 유명하지 않아서 관광객이 별로 없다. 차들이 쌩쌩 달리는 도로 양옆에 좁은 인도가 있기 때문에 나름 안전하게 건널 수 있다.

다리를 건너던 중 절벽에 서 있는 다섯 명의 사람들이 시선에 들어왔다. 그중 한 남자가 검은 모자를 쓴 남자에게 발차기를 했고 모자가 절벽 아래로 떨어졌다. 처음에는 내 명이 한 명을 괴롭히는 줄 알았는데, 그들은 모두 친구였고 그저 장난을 치고 있을 뿐이었다. 절벽은 다리 끝에 나 있는 작은 길을 따라가면 가닿을 수 있는 곳인데, 굉장히 가팔랐고 바위가 굴러떨어지는 것을 방지하기 위해 커다란 그물이 바위를 감싸고 있었다. 그리고 그들이 서 있는 절벽 끝에는 (믿을 것이 못 되는) 쇠 지지대가 서 있었다. 그들은 저마다 그 불안정한 지지대에 기대 절벽을 즐기고 있었는데, 장난을 치다가 모자가 떨어졌던 것이다. 그들 중 후드 티셔츠를 입은 사람이 절벽 옆으로 나 있는, 아주 절벽은 아닌, 혹은 아직은 절벽이 아닌 가파른 길을 더듬더듬 내려갔다. 그러나 더 이상 내려갈 수 없어서 그는 바위에 손을 대고 아래쪽을 내려다보며 경사를 확인했다. 또 다른 한 명은 지지대를 잡고 있었고, 다른 한 명은 절벽의 풀을 뽑다가 절벽을 슬쩍 한 대 때렸으며, 모자를 잃은 사람은 바지를 괜히 추켜올리고는 바닥에서 힘없는 나뭇가지 하나를 주워 이리저리 왔다 갔다 했다. 곧이어 그들은 일렬로 인간 밧줄을 만들어 내려갔다. (믿을 것이 못 되는) 사람이 (믿을 것이 못 되는) 쇠 지지대를 잡고서 (믿을 것이 못 되는) 친구를 붙잡고 그 (믿을 것이 못 되는) 사람이 또 다른 (믿을 것이 못 되는) 사람의 티셔츠 자락을 잡고 어찌어찌해서 검정 모자를 구출했다. 나는 다리 위에서, 그런 허술함이 먹히는 장면을 보았다.

집으로 돌아가는 내내 이 다섯 명의 사람들이 머릿속을 맴돌았다. 포르투갈 여행을 떠올리면 절벽에서 모자를 구하던 이들이 제일 먼저 떠오르는데, 이유는 알 수가 없다.

*

　여행을 통해 내가 깨달은 것은 나는 여행을 좋아하는 사람이 아니라는 것과 여행을 통해 영감을 얻는 사람이 아니라는 사실이다. 내게 여행은 지루함의 연속이었다. 너무 지루해서 뭔가를 지어내지 않으면 시간을 견디기가 어려운. 말하자면 그것은 경험의 실패였다. 그리고 경험의 벌어진 틈을 메우기 위해 가상 일기를 쓰기도 했다. 리스본과 포르투에서 쓴 일기는 경험의 빈곤을 메우기 위한 몸부림이었다. 그것은 말도 안 되는 모자 구출하기처럼 꽤 허술하고 빈틈이 많다. 그런데 가상 일기가 진짜 일기보다 재미있고 가상 이해가 진짜 이해보다 더 위로가 되면 어쩌지? 계속 그러면 어떡하지? 나는 그게 걱정이다.

Part. 2

이소호

시

● 도시 건강 보감 1

도시 건강 보감 2

직장인 소호 씨의 하루

회사를 정주행하면 시름을 드려요

환상 교차로

산문

● 잠 못 드는 밤, 비는 내리고

프리한 3.3%

개미는 뚠뚠 오늘도 열심히 일을 하네

디프리 한 장 주세요

상처 잇기, 잊기

도시 건강 보감 1

시

●   자낙스

      졸피뎀

      얘야 넌 더 이상 꿈꾸지 않을 거란다

●

잠 못 드는 밤, 비는 내리고

새삼스러운 문장으로 시작하고 싶다. 나는 불면증 환자다. 이 말은 이제 너무 낡은 말이 되었다. 모두가 잠 못 드는 밤을 가지고 있다. 각자의 방에는 조도가 낮은 전구만이 있을 뿐. 우리는 울리지도 않을 전화기에 마음을 가져다 대며 이 긴긴밤을 버틴다. 이 밤은 버티는 자가 지는 자다. 환자의 세계는 다분히 아름답다. 그것은 기다림의 세계이며 "지금 당장 잠이 온다면 나는 3시부터 행복할 거야" 외치는 어린 왕자의 세계이기도 하다.

처음 내가 불면증을 겪게 된 것은 성인이 된 이후였다. 무조건 잠을 자야 다음 날을 책임질 수 있는 생활을 하던 때였다. 나는 이때 비로소 진정한 '어른'

이 되었다고 말하고 싶다. 고민이 없는 삶은 어른의 삶이 아니다. 그러므로 어른인 나는 이 밤 놓치지 못할 생각이 많다. 생각은 알다시피 다른 생각을 가지고 온다. 상상력이 풍부한 나는 조금 더 구체적으로 고민하기 시작했다. 문득 보고 싶은 사람들도 생각이 났다. 그래서 구남친들이 그랬던 것처럼 남녀노소를 막론하고 "자니?" 메시지를 남발했다. 답이 없는 시간을 견디고 나면, 끝나지 않은 시련이 또 나를 치고 온다. 바로 '후회'이다. 하루 종일 내 인생을 부정하고 후회하느라 나는 조금도 쉬질 못했다. 언제나 선잠을 잤고 시계 초침조차 1초당 한 대씩 나를 툭툭 치고 떠났다. 나는 등불에 휘날리는 하나의 촛불처럼 초침 한 칸마다 고민 한 칸씩을 얻는 기분이었다. 그 한 칸마다 나는 좋은 사람이었다가 나쁜 사람이었다가 또 좋은 사람이 되었다. 그리고 여러 선택을 후회했다. 회사에 가지 말걸. 그 말은 하지 말걸. 그 사람에게 말 걸지 말걸. 사랑을 시작하지 말걸. 뭐든 빨리 그만둘걸. 그런 시답지 않은 고민들에 메어 나는 한 발짝도 잠의 세계로 떠나지 못했다.

이 알약 하나면 모든 것을 바꿀 수 있는데.

의사 선생님은 내게 약을 처방해주었다.
그렇게 나는 잠들기 전 한 봉지의 약을 입에 털어 넣는다.

이름조차 외울 수 없는 몇 알의 알약을.

이제부터는 조금 위험한 이야기를 해볼까 한다. 약물 과다 복용에 대한 부작용을 알리고 싶어서다. 약이 당신의 전부를 책임져주지 않는다는 그 점을 반드시 알아주었으면 좋겠다. 세상에 모두 좋은 것은 없다. 만병통치약은 없다는 말이다. 특히 정신과 약은 정신과 선생님과 심도 깊은 이야기를 나눈 뒤 처방을 받는 것이다. 정신과에 처음 들어가는 것이 어렵지, 처방 이후로는 제집 드나들듯 단순하게 생각했다. 완벽한 효과를 보았기 때문이다. 몇 알로 불면증을 타파할 수 있다니 그동안의 고민이 헛되게 느껴지던 탁월한 선택이었다. 그러나 그 기분은 오래 가지 못했다. 어떻게 해도 되지 않던 잠의 세계로 인도한다는 점은 정말 좋았지만, 약에는 위험한 세계가 도사리고 있었다. 바로 블랙아웃의 세계다. 술을 마시고 필름이 끊기는 것과 같은 것인데, 나는 불면증 약에도 블랙아웃의 세계가 있을 줄은 몰랐다.

보통 블랙아웃의 세계는 이렇다. 나도 모르는 사이 폭식을 하거나, 혹은 내가 모르는 일본 드라마를 보았고, 웃었고, 엄마는 내가 잠 속에서 이 모든 것을 이뤄낸 것인 줄 모르고 혼냈다. 나는 다시는 그러지 않겠다고 대답도 잘했다고 한다. 그러나 이 일이 사실인지는 알 길이 없다. 다만 그렇게 전해 들었다.

잠결에 일어난 일이기 때문이다. 우습지만 잠에 점령당한 나는 지금도 이 산문을 쓰기 위해 키보드를 치고 있다. 이 글의 진실성을 위해, 이 글의 주제에 오롯이 맞는 글을 쓰고 싶었다. 그래서 방금 이 글을 시작하기 전에 나는 약을 털어 넣었다. 이 글은 다음 날이 되어 봐야 좋은 글인 줄 알 수 있다. 왜냐하면 이 글을 쓰는 사람은 그러니까 까무룩 잠든 이소호다. 온전히 잠에 점령당한 이소호다. 이소호는 잠결에 글을 썼다. 억지로 빠진 잠은 온전한 평화를 줄수 없다. 앞서 말했던 블랙아웃과 더불어, 약을 먹지 않으면 절대로 잠을 잘 수 없을 뿐 아니라 꿈에 시달리게 된다. 물론 꿈을 꾸지 않고 조용히 아주 조용히 여덟 시간을 내리 채울 때도 있다. 그러나 요즘 들어 나는 자주 희한한 꿈에 휘말린다. 꿈속의 나는 아주 작다. 우주 여행가가 된 적도 있고, 뉴욕에 가 있었던 적도 있다. 누군가의 부인이 된 적도 있고, 길거리의 악사가 된 적도 있다. 꿈속의 나는 아주 평범하지만 이룰 수 없는 꿈을 꾸고 있는 기분이다. 그리고 가장 힘든 건 현실의 연장선이 꿈속까지 이어지는 때다. 그때 만나지 않아야 할 사람을 만나지 않은 내가, 회사를 일찍 그만둔 내가 서성이고 있다. 그렇다고 해서 그 모습이 멋진가? 아니다. 나는 '내'가 되지 않기 위해 너무나 최선을 다하고 있었기 때문에 잠을 자고 일어나도 피곤했다. 이게 내가 더 많은, 더 많은 약을 먹게 된 이야기다.

그리고 이것은 나의 아주 큰 비밀이다.

"약 먹는 사람을 누가 좋아해?"

엄마가 했던 말이다. 하지만 엄마는 모른다. 약을 먹지 않았던 나는 더 최악이었다. 약을 먹기 1년 전쯤이었던 것 같다. 그때는 어떻게든 정신력으로 이겨보려고 했었다. 이것은 내가 정신과를 다니기 이전의 이야기다. 그때의 나는 합정역 주변을 좀비처럼 걸었다. 목적지는 없었다. 그러다 공중 화장실에서 쪽잠을 잤다. 밤이면 진정으로 내가 숙제를 하지 않은 기분이 들었다. "나에게는 내일이 있는데." 그렇게 읊조리며. 그래서 조금씩 술도 마셨다. 그러나 술은 더 거친 불면증을 가지고 왔다. 간은 해독할 수 있는 시간이 필요하고 그 시간은 깨어 있는 시간만 가능하다고 의사가 말해주었다. 그러니까 술과 불면증은 상극이다. 게다가 술을 먹고 온 날은 늘 또다시 꿈꿀 소재를 가지고 오는 기분이다. 술은 나를 조금 더 용감하다 못해 기이하게 만든다. 기이한 나는 기이한 행동을 한다. 처음 보는 사람에게 말을 걸고, 여기가 서울이라는 사실을 잊는다. 내가 작가라는 사실도 잊고, 내가 여자라는 사실도 잊는다. 그냥 다 잊는다. 집약 후 축약해서 말해보자면 내가 인간이라는 사실도 잊는다. 언어가 이렇게 꼬리를 물 듯 언어를 데리고 오는 것처럼 수치심도 이렇게 꼬리를 물고 나타나는 법이다. 이 수치심은 침대에 벌렁 누운 바로 그 순간 축축하게 내 눈을 적신다. 그래 잠 못 드는 밤의 끝은 늘 비다. 눈의 창을 닫으면 그 사이로 비가 고이는 법이다. 나는 우산도 없이 길을 걷는다. 저녁 10시부터 시작된 이 여정은 출발도 못했으니 끝날 일이 없다. 그러므로 나는 다음 날 해가 뜰 때까지 비를 맞는다. 흐려진 풍경의 나는 어쩐지 조금 지질하다. 가장 왁자지껄했던 순간에서 정적이 찾아오는 바로 그 찰나 나는 완벽하게 대비된다. 외국처럼 파티를 즐기고, 쿨한 척 지껄이던 그 거짓말들 때문에, 그 거짓말을 들켰다는 것을 아는 지질이이기 때문에 잠 못 이루는 것이다.

이게 얼마나 큰 용기인지 모를 것이다. 나는 약물의 장점과 부작용에 대해서, 그리고 잠이 오지 않는 날에 대해서 썼다. 이 모든 이야기를 들은 당신의 선택은 무엇일지 모르겠다. 더 나은 내일을 위해 오늘을 감수할 것인지, 아니면 내일의 희생을 선택할 것인지. 솔직히 말하면 단순한 문제이다. 엄밀히 따지면 아주 작은 선택의 문제다. 내일과 오늘. 언제 더 고통스러울 것인가. 나는 다만 오늘을 선택했을 뿐이다. 오늘을 위해 약을 털어 넣어야 하는 것이다.

"요즘 약 안 먹는 사람이 어디 있어?"

"현대인이라면 누구나 병 하나는 가지고 있는 거 아니에요?"

맞다. 요즘은 약 안 먹는 사람을 찾기 힘들다. 정신과 약을 찾지 않더라도 잠이 오게 한다는 건강 보조제도 많다. 불면증에 대처할 선택지가 넓어진 것이다. 잠이 오지 않아 모니터와 천장이 한밤의 유일한 풍경이 된 현대인들이라면 한 번쯤 건강 보조제 정도는 권해보고 싶다. 광고에는 그렇게 나와 있다. 성분 표시를 강조하며, 모든 약재는 자연에서 왔다고. (나는 경험해보지 못했지만) 절대로 처방전의 약과는 다르다고. 그러니 선택은 여러분의 몫이다. 자연에서 유래한 건강 보조제로도 잠자는 데 실패했다면 나는 두 가지 길 중 하나를 선택하게 하고 싶다. 나처럼 약을 처방받거나 아니면 그 시간을 즐겨보는 것이다. 독자들에게는 내가 글 쓰는 천재 만재 기계인 척했지만 잠이 오지 않았기 때문에 미친 듯이 쓴 것뿐이다. 잠을 이루지 못해 나는 모니터 앞에 앉는 시간이 많아졌다. 지금도 잠이 오지 않기 때문에 책상 앞에 앉았다. 다행히 유튜브의 유혹에 빠지지 않고 커서가 깜빡이는 백지 앞에 앉았다. 나는 쓸 수 있다. 남들처럼 낮과 밤이 바뀐 것도 아니고 그냥 잠을 이룰 수 없기 때문에, 그로 인해 눈물이 너무 많아졌기 때문에, 내 마음이 지금 계속해서 흐림이기 때문에 당신도 이 글을 보고 나서 잠이 오지 않는다면, 뭐라도 써볼까 생각을 했다면 내일을 생각하지 말고 책상 앞에 앉기를 권유한다. 회사원에게는 너무 가혹한 말일 수도 있지만 말해야겠다. 자려고 너무 애쓰지 말았으면 좋겠다. 오늘 잘하면 잠들 수도 있다는 오지도 않을 행운은 기대하지 말자. 그냥 어린 왕자의 삶은 관두자. '지금 자면 몇 시간이라도 잘 수 있어.' 그 거듭된 생각은 하지 말자. 이런 생각은 오히려 잠을 이룰 수 없게 만든다. 그러나 일어나서 지금 나처럼 책상에 앉아 키보드를 두드린다면, 쓰이지 않았을 하루를 역사로 남길 수 있다. 오늘 하루는 어땠는지 오늘의 마음은 어땠는지 나만 알아볼 수 있는 언어로 쓸 수 있다. 나는 그걸 가끔 '시'라고 부른다.

글은 그렇게 나를 잠으로부터, 세계로부터 구원했다.

나는 나를 기록하는 사람. 어쩌다 보니 이 글을 쓰기 직전, 나는 잠들기 위해 처방된 약을 털어 먹었다. 그러니까 이 글은 어쩌다 보니 철저히 블랙아웃의 상황에서 쓰인 글이다. 내가 앞서 말한 방법을 지켜보고 싶었다. 이것 역시 불면의 일부이다. 불면증 환자의 불면증 타파 방법으로 블랙아웃이란 벌을 받으며 글을 쓴다는 것. 조금 다른 식으로 이야기를 해보자면 잠을 이루지 못할 때 애꿎은 양이나 세는 일은 그만두자는 말이다. 양은 죄가 없다. 불면증 환자들은 그동안 양을 너무 미워했다. 양들은 아무 죄가 없다. 그냥 '십'이라는 부드러운 발음을 가진 것뿐이다. 양 1천 마리를 세는 대신 글을 쓰자. 아니다, 무언가 하자. 뭔가를 하면서 죄책감을 쓰자. 그리고 날려버리자. 그럼 양보다는 쉽게 잠들 수 있다. 무엇을 한 날이 될 수 있다. 세상으로부터 여기저기 털린 날을 뭔가로 온점을 찍을 수 있다. 인간이란, 일을 미루고는 불편해서 잠들 수 없다. 온점을 찍어야만 다음으로 넘어갈 수 있다. 나는 이 글을 쓰면서 다음 글을 미루지 않고 쓰려면 온점을 어디에 찍어야 알맞을지 생각해본다. 하루의 온점을 꼭 내일에 맞추지 않았으면 한다. 오늘에 맞춰서 오늘 내가 어디에 어떻게 쓸 것인지 고민해보는 것이다.

잠은 거기서부터 시작된다.
끝에서 시작하는 것이다.

그럼 꿈꿀 수 있다.
아니 꿈꾸지 않을 수 있다.
무엇이 되었든 잘 수 있다.
그거면 된 것이다.

친구에게 말하듯이 독자들에게 비밀을 털어놓고 싶다. 친구들아. 내 글은 다 잠결에 쓰였단다. 그건 나의 역사가 되었지. 그러니까 잠이 오지 않는 이 밤을 '온전히' 즐길 수 있었어. 어렵지 않아. 이것은 마치 〈매트릭스〉에서 파란 알약이나 빨간 알약을 선택하는 것과 같아. 블랙아웃이란 진실을 다 알고 먹을 것인지, 아니면 여러 가지 영양제로 꿋꿋하게 이 밤을 견뎌볼 것인지 선택하는 거야. 불면이란 그런 것이지. 불편한 것. 불안한 것. 그것이 연속되는 삶.

어떤 알약을 선택할 것인지, 그 선택은 오직 당신의 몫이다.

그러나 이 말은 못 참겠다.

잠 못 드는 밤.

비는 내리는, 그래 그런 어떤 날.

우주에 혼자 버려졌다는 생각이 드는 그런 밤.

당신은 혼자가 아니다.

비록 혼자 침대에 누워 각각 다른 방에서 다른 밤을 견뎌내고 있더라도 우리는 혼자가 아니다.

조금 늦더라도 괜찮다.

반드시 꿈에서 만나길, 그래서 우리 덜 외롭다 느끼길 산설히 소망한다.

도시 건강 보감 2

　선생님 저는 사랑을 하면서도 사랑하고 싶지 않아요 만나면 책임져야 하잖아요 대대로 배웠던 그대로 그 말만 흉내 내며 살아가는 거잖아요 그러니까 지금 모두 같이 버티고 있을 뿐이에요 가장 중요한 것을 잊고요 아니 어쩌면 가장 중요한 것만 기억하고요 사랑하지 않고 사랑했었다는 사실만 기억하고, 끝내지 못하는 거예요

　어쩌다 한집에 태어났다는 그 끔찍한 이유로

'우리'는 그런 것이에요

프리한 3.3%

●

산문

● 프리랜서의 삶을 한마디로 표현하고 싶다. 주변 인들은 시인의 생계에 대해 물었다. 삶은 어떻게 지속되냐고. 그들은 조심스러웠지만, 결국에는 그 질문을 꼭 해내야만 직성이 풀렸다. 아침부터 저녁 9 to 6를 보내는 보통의 직장인에게 와닿을 만한 무언가가 없을까 고민하던 나는 전세계를 떠들썩하게 만들 정도로 개폭망한 루나 코인을 생각해냈다. 루나는 한때 대박이었고 쪽박이 되었다. 코인이 다 그런 거다. 대박 아니면 쪽박. 나는 수입이 일정치 않은 시인이므로, 코인 같다. 오늘 소모임에서 만난 퇴사가 고민이라던 사람한테도 그렇게 말했다. "제 삶은 코인이에요. 어떻게 투자하고 싶으세요?"라고 자조적으로 농담했고 그 사람은 안전빵인 회사를 다니는

사람이었으므로 하이리스크 하이리턴의 삶에 투자하지 않았고, 나는 사람들로부터 멋지다는 말만 500번 듣는 구경거리가 되었다. 이번이 몇 번째였는지 모르겠다. 나는 항상 회사에 다니지 않는다는 이유만으로 말없이도 주인공이 된다. 모두가 내 삶에 귀 기울이고 다들 꼭 얼마냐 버냐고 물어본 뒤 크게 실망한다. 반복되는 이 상황을 뭐라고 해야 할지 모르겠다. 취미생활이라는 얄팍한 교집합으로 만난 우리 소모임의 세계는 참으로 알 수 없다. 각자 다른 세계의 사람들을 만나는 동안 나는 그들과 똑같이 경제활동을 하고 있는 사회 구성원임에도 불구하고 호기심으로, 나를 구경거리로 생각하고 무례한 질문을 남발한다. 탓하고 싶지 않다. 나 역시 지나치게 솔직했고 숨기지 않았다. 그러나 모든 질문이 나의 '과정'이 아니라 '결과'에 집중하는 이 대화의 흐름을 더는 두고 볼 수 없으므로 여기 프리랜서의 삶을 남긴다. 더는 설명하지 않기 위해, 그리고 조금 더 조심스러운 질문을 건네지 않기를 바라며.

이소호는 아침에 일어난다. 일어나면 노래를 고른다. 무엇을 쓸 것인지는 이미 계획되어 있다. 단 한 순간도 계획되어 있지 않은 적이 없다. 이소호는 뭔가를 쓰기 위해 최선을 다할 뿐이다. 쌓여 있는 이메일도 처리한다. 요즘에는 책이 연달아 나왔으므로 마케팅도 틈틈이 한다. 내가 할 수 있는 마케팅이란 최소한의 책을 주변 동료들에게 보내고 리트윗 이벤트를 하는 것뿐이었다. 와중에, 몇몇의 독자가 이소호가 책을 내는 속도를 따라가기가 힘들다는 글도 보았다. 맞는 말이다. 나는 등단 이후 단 하루도 제대로 쉬어 본 적이 없다. 잠들기 전에 무엇이 되어도 한 꼭지라도 쓰고 자는 삶을 무려 9년이나 해왔다. 장르는 매번 달라지고, 어제 쓴 글을 오전에 고치고 저녁에는 새로운 글을 쓴다. 매수를 채울 때까지 절대로 일어나지 않는다. 어제의 글을 고치고 저녁에 메모장을 켜보니 오늘은 프리랜서에 대해서 써 보는 것이 좋겠다는 편집자님의 제안이 있었다고 적혀 있었다. 그래서 쓴다. 지금 나의 일과를. 쓰면서 돌이켜본다 나의 일과를. 특별할 것 없는 노동의 시간이라 별로 쓸 것이 없다. 지지부진한 글감일수록 컴퓨터 앞에 앉아 있는 시간은 비례하다. 그러나 나에게도 늘 데드라인은 있다. 시간은 반드시 금요일 6시를 넘기지 않기로 한다. 나의 원고가 송고되어야 일이 시작되는 편집자님도 있기 때문이다. 조금이라도 늦으면 편집자들은 주말 동안 마음을 졸여야 한다. 데드라인이 있는 회사를 다닐 때 나도 겪어봤다. 그 마음을 알기에 나는 오늘 아주 일찍 이 원고를 시작했다. 물론 송고를 한다고 다 끝나는 것은 아니다. 가끔은 몇 번이고 수정했던 글이 시간을 묵혔다가 돌아오면 졸고처럼 보일 때가 있다. 그럼, 힘들게 적어 내려간 절반을 들어내고 다시 적는다. 이 일은 내가 가장 버거워 하는 일이다. 첫 줄을 시작하는 것보다 쓴 것을 다시 쓰는 것만큼 어려운 것은 없다. 그러나 망가진 글을 다시 보는 것보다, 그 망한 글을 독자가 읽는 것보다 더한 고통은 없다. 그래서 나는 달력 속의 데드라인을 자꾸만 수정해서 적는다. 적으며 편집자님께 보내는 메일 말미에 이렇게 적는다. '죄송합니다.'

물론 내가 글을 쓰는데 모든 시간을 다 쓰는 것은 아니다. 집필 이외에도 경제 활동을 해야 한다. 일단 이번 주에 강의를 해야 한다는 것 역시 나를 초조하게 만들었다. 수업 자료를 만들고 그에 관련된 대본도 쓰는 일은 품이 많이 드는 일이다. 강의 자료는 PPT이므로 보통 30장 내외이고 대본은 10장 내외이다. PPT 페이지를 넘기는 부분까지 대본 사이사이에 적어 내면 몇 시간은 그냥 간다. 이렇게 일정을 장황하게 적었지만 사실 나의 일상은 겉으로 보기에는 평범하다. 노래를 고르고 머리를 질끈 묶고 쓰고 컴퓨터 앞에 앉아서 일이 끝날 때 까지 일어나지 않는 것 그게 다다. 정말 열심히 글을 읽고, 어떻게 이 글이 이어질 것인가에 대해 고민하는 것이 내가 할 수 있는 전부다. 물론 출근과 퇴근을 하지 않는다는 것 밀고는 다를 것이 하나도 없다.

가끔은 마감이 너무 촉박하여 택시 안에서 일을 해야 하는 경우도 있다.

이곳에서 저곳으로 몸을 옮기는 동안 내 손과 눈은 빠르게 움직인다

와중에 편집자 선생님은 전화로 어디냐고 물어왔다.

"종이 위요, 종이 위요."

택시가 아니었다면 나는 길거리에서 시간을 무척 낭비했을 것이다.

그러므로 내 업무 전화를 가만히 듣던 택시 아저씨들은 "아가씨는 작가예요?" 물었고 자기의 인생을 시로 쓰라고 말해주었다. 이것 역시 프리랜서 작가의 고충이다.

"네."

답하면 그뿐이다. 이젠 싸우고 싶지 않다. 그래서 나는 늘 프리랜서의 삶으로서 내 삶을 고쳐 쓴다. 회사원의 삶이 '주어진 임무를 무탈하게 수행'하는 것에 초점을 맞춘다면 프리랜서의 삶은 뭐랄까. 루틴 그 자체이다. 루틴은 시키지 않아도 알아서 해내야 한다는 것이다. 나와 약속한 일정 시간에 앉아서 무언가라도 쓰지 않으면 불안한 세계라는 것이다. 그래서 나는 쓴다. 시키지 않아도 일을 하는 것은 현대 사회에서 거의 찾아보기 힘든 경우다. 친구들을 만나고 즐거운 시간을 보내도 마음 한구석은 늘 불

편했다. 어쨌든 이 자리가 끝나면 나는 다시 집으로 '출근'해야 하기 때문에.

다시, 다시 정의해보자.
그러니까 나는

오늘의 내가 내일의 나를 책임지는 프리랜서
집에서 책상으로 출근해서 침대로 퇴근하는 프리랜서
기획도 컨펌도 디벨롭도 스스로 해내야 하는 프리랜서
직장은 없지만 직장 동료는 있는 프리랜서
노동한만큼의 대가만 있는 프리랜서
월급루팡 시절이 가끔은 몹시 그리운 프리랜서
10년차지만 아직도 급여 지급일을 모르는 프리랜서
3.3과 8.8 원천징수의 세계에 사는 프리랜서
1년 중 5월을 가장 좋아하는 프리랜서
워라벨은 보장받는 것이 아니라 스스로 만들어내야하는 프리랜서
오늘이 며칠인지 하나도 몰라도 마감일은 정확하게 아는 프리랜서
알람 없이 일어나는 하루를 맞이하지만 저녁 6시는 지키는 프리랜서

평일 낮 커피 한잔의 여유는 가능하지만

택시 안에서 일을 해야 할 정도로 시간에 기는 나는.

안녕하세요. 프리랜서입니다. 10년 차이고요.

이제 더는 궁금한 것이 없으시지요?

직장인 소호 씨의 하루

시

출근
인사출근
업무인사출근
정리업무인사출근
보고정리업무인사출근
식사보고정리업무인사출근
회의식사보고정리업무인사출근
업무회의식사보고정리업무인사출근
식사업무회의식사보고정리업무인사출근
야식식사업무회의식사보고정리업무인사
택시야식식사업무회의식사보고정리업무
퇴근택시야식식사업무회의식사보고정리
　　퇴근택시야식식사업무회의식사보고
　　퇴근택시야식식사업무회의식사
　　퇴근택시야식식사업무회의
　　퇴근택시야식식사업무
　　퇴근택시야식식사
　　퇴근택시야식
　　퇴근택시
　　퇴근

개미는 뚠뚠
오늘도 열심히 일을 하네

– 개인주의자의 사회생활 보고서

●

●   9시 안녕하세요 인사. 그렇게 하루는 시작된다. 회사의 문을 박차고 들어서는 순간 나는 '사회인 이소호'가 된다. 사회인 이소호란 별것이 아니다. 농담 따먹기에 동참하고 회사 메신저 창에 올라오는 시답지 않은 일에 동참하고 우리에게 일을 준 회사 상사를 욕하는 데 함께하기만 하면 된다. 동참할 때 동참하고 적절히 빠질 때 빠지는 게 사회인으로서의 기본 소양이니까. 회사에서 준 업무를 성실히 이행하는 것만으로 회사 생활이 끝나면 얼마나 좋을까. 사람마다 다르겠지만, 출근과 퇴근 사이에는 특히 개인주의자들이 참을 수 없는 어마어마한 고난만이 존재할 뿐이다.

자칭 '개인주의자'인 내가 회사 생활을 하면서 가장 참을 수 없었던 것은 그들이 내가 '시인'이라는 사실을 봐주고 있다, 라고 느끼게 하는 거였다. 아니 더 솔직히 말하자면 그들은 가여운 예술가를 자신들이 거두어 먹인다고 생각하고 그것을 늘 자랑스레 떠들었다. 나는 그것이 싫었다. 그래서 거리를 유지하기 위해 최선의 노력을 다했다. 지금은 코로나가 개인주의자 회사원들을 많이 구원했다고 한다. 앞으로도 그렇게 될 거라고 한다. 참 좋은 세상이다. 나 때는 그런 게 없었다. 보장되지 않는 워라밸은 나를 괴롭게만 했다. 워라밸은커녕 회사 안의 일상을 온종일 그들과 보내야 했다. 나는 그것이 괴로웠다. 시간을 톡 잘라다가 나 혼자 걷고 싶었다. 시간이 주어진다면 다 같이 나가서 담배를 피우는 대신 친구의 위로 섞인 전화 한 통을 받고 싶었다. 그게 내가 생각하는 회사 생활의 자유였다.

개인주의자에게 가장 괴로운 시간을 꼽으라면 점심시간을 꼽겠다. 혹자는 회식을 꼽겠지만 나는 점심시간이 제일 싫었다. 점심은 업무의 연장이었다. 그리고 나 역시 출판사 미팅을 다니며 알게 되었지만 편집자들은 대부분 업무의 연장으로 작가인 나와 점심을 먹었다. 나는 그걸 알면서도 갈 수밖에 없었다. 절박한 심정으로 가는 것이다. '나를 잊지 마세요.' 이 마음 하나로. 그러니까 우리 회사에 미팅을 오는 수많은 영업 직원들도 마찬가지였을 것이다. 그리고 우리도 마찬가지였다. 광고주 회사에 가서 억지로 같이 식사를 했다. 커피를 마셨다. 그 회사 사람들 말을 대부분 들어주고 맞춰주었다. 그것이 우리의 업무였다. 그러니까 점심은 점심이 아니었다. 우리는 그들의 맞는 말 대잔치에 초대된 어릿광대였다. 광대는 뒤돌아서서 우는 법이다. 그래서 나도 뒤돌아서서 많이 울었다. 집에 가는 길은 늘 눈물바람이었다. 광고주는 우리를 사람 취급하지 않는다. 하청업체 사장님들이 극단적 선택을 하는 이유를 알 것 같다. 작은 인간 대접을 바랄 뿐인데 우리는 그 작은 인간 대접조차 받지 못했다. 그리고 그 일을 하고 나서 회사로부터도 인간 대접을 받지 못했다. 월급이 그걸 대신한다고 생각하는 것 같았다. 그래서 내가 다니던 회사는 늘 사람을 잃었다. 그리고 나도 잃었다.

광고회사의 일은, 아니다, 모든 회사의 일은 컨펌을 받기까지 시간이 걸린다. 나는 늘 그 시간이 눈치가 보였다. 그래서 자연스럽게 놀 수 있는 방법들을 찾았다. 하나, 말하기도 입 아픈 기카오톡 엑셀 모드로 바꿔 대화하기. 둘, 끊임없이 구전동화를 들려주는 유튜브 채널 듣기. 셋, 커피를 사러 다녀온다고 하고 10분 산책하기. 나는 그중에서 커피 산책을 가장 좋아했다. 누가 봐도 일이 없었기 때문에 상사도 허락할 수밖에 없었다. "잠깐 커피 사러 다녀오겠습니다" 하면 상사는 "일은 없고?" 묻지도 않았다. 그냥 보냈다. 할 일이 없다는 것을 알았기 때문이다. 그래서 나는 빨리 일을 끝내 광고주에게 보내놓고 컨펌이 날 때까지 딱 10분, 유유히 걸었다. 가끔 시인을 마주치기도 했다. 직장에서 다른 직장 동료를 만나는 기분이었다. 회사가 합정이라 그런가 작가를 하루에 두 번 마주칠 때도 있었다. 여기서 뭐 하냐고 하면 나는 회사에서 나와 잠시 산책 중이라고 했고 그들은 참 좋은 회사에 다닌다고 말해주었다. 부정하지 않았다. 왜냐하면 부정하면 진짜로 내가 좋지 않은 회사에 다니는 것을 들킬 것 같았기 때문이다.

내 회사 생활의 가장 큰 위기를 꼽으라면 광고주가 날아가고 새로운 광고주가 우리에게 붙기 직전까지의 시간을 꼽고 싶다. 무려 두 달간 나는 월급 루팡이 되었는데, 노는 게 좋은 것도 하루이틀이지 정말 고난과 시련의 시간이었다. 이유는 이러하다. 나는 책을 볼 수도 없었고 한컴 파일을 열 수도 없었다. 우리 회사에서는 내가 시를 쓰는 것을 겸업이라고 생각했기 때문이다. 나는 다른 일은 아무것도 할 수 없었고 가끔 아이디어를 제안하는 제안서를 만들어 보내는 것이 할 수 있는 전부였다. 그러다보니 회사 팀원과는 점점 말이 없어졌다. 우리는 자연스레 멀어졌다. 회사에서는 우리를 천덕꾸러기 취급했다. 그래서 우리 팀은 한 명씩 몰래 잡코리아에 이력서를 올렸다. 올린 이력서를 보고 이사가 찾아와서 화를 내기도 했다. 다 알고 있다고, 너희가 떠날 궁리를 한다는 걸 알고 있다고 말했다. 그러나 그것은 회사의 사정이다. 언제까지 우리가 놀 수는 없는 것이다. 일이 없으니 집에 일찍 가는 것은 당연했고 일찍 간다고 구박하지만 않았어도 우리는 새로운 직장을 눈치 봐가며 구할 일이 없었을 것이다. 나는 마치 회사에 가는 일이 작업실에 가는 일 같았다. 회사에 가서 메모장을 켜고(한컴을 켜면 시를 쓴다고 하므로) 시를 쓰고 6시에 셔터를 내리는 것이다. 그리고 가끔 양심에 찔리면 새로운 광고주에게 전화해서 언제부터 일하면 되는지 물었다. 그들은 조금만 기다리라는 말을 한 달 넘게 하고 있었다. '당장'이 중요한 회사에서 우리는 쓸모없는 사람이긴 하지만 장기전으로 봤을 때는 꽤 쓸모 있는 사람이다. 이것은 조금 애매한 사안이다. 신용이 중요하기 때문에 일어난 일이다. 광고회사는 담당자가 자주 바뀌면 신용을 잃는다. 그래서 회사는 다시 사람을 뽑아서 앉힐 수도 있지만 그러지 않는다. 광고주에게 좋지 않은 모습을 보이면 안 되니까. 그 때문에 우리는 놀면서도 놀 수 없었다.

회사 옆, 옆집에는 레고 카페가 있다. 어린이 전용 레고는 20분이면 맞춘다. 난 몰래 레고 카페도 갔다 온 적 있다. 오후 4시쯤 회사 근처를 지나가다 내가 생각나서 전화했다는 모 시인과 카페에 앉아서 이야기한 적도 있다. 회사는 내게 책을 금지했지만 나는 그보다 더한 드라마를 틀어놓고 마치 부엌에서 설거지하는 엄마처럼 내용을 유추하며 살아가던 적도 있다. 그뿐만이 아니다. 나는 대놓고 시장조사를 한다면서 쇼핑을 했다. 쇼핑한 물건을 일부러 회사로 시켜 택배 뜯는 재미도 봤다. 유머 게시판은 하도 많이 봐서 이제 유머를 잃은 지 오래되었다. 덕질도 재미를 잃었다. 잘생긴 아이돌의 얼굴을 보지 못하는데 덕질이 무슨 소용이란 말인가. 보이는 라디오가 생긴 이후로 얼굴 위주로 라디오가 변하자 듣는 재미가 반으로 줄었다. 회사 생활 중 가장 화려한 나쁜 짓을 꼽으라면 텀블러에 몰래 술을 넣어 마신 적도 있다. 사람들 눈에는 커피를 마시는 이 주임이었겠지만 텀블러 안에는 헨드릭스 진이 있었다. 없었던 일할 맛이 났다. 그리고 점점 짬이 늘어갈수록 거짓말도 늘었다. 나는 어떻게든 혼자가 되기 위해 오늘부터 다이어트한다고 거짓말을 했다. 그리고 매일 합정의 맛집을 찾아 식도락 여행을 떠났다. 가격은 상관없었다. 어차피 합정까지 나온 김에, 점심시간을 온전히 나만의 시간으로 만들고 싶었다. 그래서 2만 5천 원 정도의 특식을 즐긴 적도 있다. 충동구매도 잦았다. 특히 월급이 입금된 날이면 약간 돌아버리는 것 같았다. 점심시간이 끝나고 나면 뭔가 손에 들려 있었다. 올리브영에서 산 가벼운 것부터 겨울

코트까지 셀 수 없이 많은 것들을 사재꼈다. 보상 심리였던 것 같다.

　　모두가 내게 물었다. "이 주임은 왜 늘 혼자 있고 싶어 해?" "왜 이런 행동을 해?" 나도 나를 잘 모르겠다. 9시부터 6시까지 나는 내가 아닌 것 같다. 나는 돈 주는 사람이 시키는 대로 움직이는 마리오네트일 뿐 자아가 없다. 회사에 잘 적응하려면 자아 분리를 잘해야 한다. 그러나 불행히도 개인주의자는 자아가 강하다. 나를 지키고 싶은 마음이 강하기 때문에 회사 생활을 오래하지 못한다. 내가 회사를 길게 다니지 못한 이유는 단순하다. 나를 너무 사랑하기 때문에. 앞선 행동들은 뭐랄까 내 최소한의 자아를 따른 거였다. 그래서 그런 나라도, 누가 보았을 때 하등 쓸모없는 그런 나라도 '나'를 지키기 위해 움직였을 뿐인데 사람들은 내게 협동하지 않는다고 볼멘소리를 내곤 했다. 나는 협동하지 않은 게 아니라 협조하지 않았을 뿐이다. 소호는 소호가 되고 싶었다. 이 주임 말고. 그게 전부였다. 틈틈이 회사원만 있는 이 사람들 사이에서 워라밸을 찾고 싶었다. 어차피 익숙해지면 이제 업무적 질문조차 하지 않게 되고, 서로서로 도돌이표 같은 말만 할 게 뻔한 이 회사에서 내가 진짜 친구를 찾을 확률은 희박하다. 친구는 찾을 수 없다. 친구는 회사 밖의 소모임이나 클래스에 있다. 하루 중 가장 오래 있는 회사에는 친구는 영원히 존재하지 않는다. 그러므로 나는 외로움을 선택할 수밖에 없었다. 자아가 충만하여 충만한 자아를 억누르를 길이 없어서 그 자아 그대로 살았다. 그래서 마지막에는 미움을 많이 받았다. 회사 동료 그 누구와도 대화하지 않고 '안녕히 계세요' 하고 크게 엿을 먹일 심산으로 내가 일했던 모든 파일을 싹 밀고 튀었기 때문이다. 미움받을 짓을 했으니 탓하지 않겠다. 다만 '조금 늦게 태어날걸' 한탄 정도 한다.

친구에게 듣기로 요즘 회사 문화가 많이 바뀌었다고 한다. 내가 이 글을 쓰겠다고 했을 때 이제 코로나 때문에 밥은 거의 따로 먹고 재택근무와 탄력 근무제를 많이 한다고 했다. 그럼 앞서 내가 했던 죄 아닌 죄 같은 일들은 전혀 죄가 되지 않는다. 일이 없을 때 유튜브 보다가 일하면 되고, 술 마셔도 일만 잘하면 되고, 맛있는 밥 혼자 먹어도 개인주의자라고 손가락질 받지 않아도 된다. 그냥 다 그래도 되는 일이 된 것이다.

아깝다.
누가 그랬지 천재는 조금 일찍 태어난다고.

어쩌면 나는 4차산업형 회사 생활 천재가 아니었을까?
야근 포함해서. 미드나잇에서 딥 나잇. 그사이.

우리는 각자의 차를 타고 집으로 멋지게 돌아간다. 잠결에서 다시 꿈결의 시간으로. 오늘에서 내일의 시간으로.

그런데, 지금도 드는 의문인데 나는 어떻게 잘리기 전에 내가 그만둘 수 있었을까. 그 생각은 지금도 한다. "회사를 다니던 그 시절의 나는…… 그러니까 그때의 나는 말이야." 이렇게 말을 이으며 나는 회사 생활을 한마디로 정의하고 싶다. 6시를 기점으로 기적이 보통이 되는 일.

자 흥부는 한 달간 박을 가를 예정이다.
아니다, 갈라야만 한다.
9시부터 6시.
잠시 쉰다.
다시 다음 날 박을 가른다.
9시부터 6시.
가끔 야근도 한다.
매일매일로 놓고 보면 흥부는 제비 다리를 고쳐 주었지만 박을 아무리 갈라도 다 쌍이다.
금은보화는 전부 월급날 몰아 나오는 것이다.

금 나와라 뚝딱!
오늘도 쓰며 외친다.

회사를 정주행하면 시름을 드려요

출근길에 생각한다

차에 치이고 싶어요
그럼 오늘은
회사에 가지 않아도 되잖아요

파티션 아래는 못생긴 키보드와
왼쪽만 닳은 마우스가 있다

나는
광고주로부터 사람을 배운다
저렇게 살지 말아야지

점심은 언제나 상사의 취향

나는 다 같이 밥 먹고 싶지 않아요

시인이라 그런가

많이 힘들었지?
그래서 또 다른 일을 하나 더 가져왔어

그러니
오늘은 아무도 다들 집에 갈 생각 하지 마

양화대교만 넘으면 우리 집인데

집에 누워 있으면
아무 꿈도 꾸지 않을 수 있는데

시인이라 그런가

내가 만든 카피는 사라졌다

광고주님 말씀 기억 안 나?

최대한
화려하면서 심플하게

시인이라 그런가

조사 하나도 내 마음대로 쓰지 못하는데

나는 필경사
세상에 떠돌아다니는 내 글은
내 글이 아니에요

시인이라 그런가

못내 속이 상했던 나는
퇴근길에

불의의 사고가 났으면 좋겠다고
생각했다

그럼 내일

회사 가지 않을 수 있을텐데

디프리 한 장 주세요

산
문

얼마 전 프리랜서에 대한 나의 글을 본 편집자님께 다시 연락이 왔다. "선생님, 프리랜서의 일 없는 삶에 대해서 써주세요." 나는 뭐라고 쓸지 몰라 막막해서 가만히 있다가 전화를 다시 걸었다. "편집자님, 그럼 일 있을 때와 없을 때로 나눠서 쓸까요? 그게 저의 현 상태니까요." 우리는 여러 이야기로 수다를 떨었고 다시 며칠 뒤 연락을 했다. "어떠세요? 제가 몇 가지 생각을 해봤거든요. 캘린더에 박제할 스케줄이 없는 프리랜서를 부를 이름을 두 가지로 정해봤어요. 편집자님이 듣기에 웃긴 걸로 정해주세요. 하나는 언프리랜서. 그건 좀 아니죠? 그럼 디카페인처럼 불러볼까요?" 편집자님과 나는 깔깔 웃었고 우리는 오늘부터 그 상태를 '디프리랜서'라고 부르기로 했다.

　프리랜서의 삶은 두 가지로 나뉜다. 밀물과 썰물. 그러니까 프리랜서와 디프리랜서. 나는 일반적으로 축복받은 프리랜서의 삶을 살지만 디프리랜서의 삶이 지속되기도 한다. 예를 들어, 계간지 마감을 할 때다. 여름의 마감은 보통 4월쯤 교정지를 받고 6월에 고료를 받는다. 그러니까 4월까지는 일을 하는 사람이지만 5월은 디프리랜서이다. 월간지나 행사의 축복을 받지 않는 이상 노는 삶이 지속되는 것이다. 누군가는 "그래도 1년에 몇 번 방학이 있네요" 성급하게 이야기할 수도 있겠다. 하지만 이것은 배고픔과 직결된 문제다. 나는 굶어야만 한다. 먹고사는 문제를 빨리 해결했지만 결실은 잡지 발행 이후가 된다. 그러니까 4월까지는 눈과 코가 어디 달려 있는지 모를 정도로 손가락만 움직이는 삶을 살다가 갑자기 붕 뜨는 삶을 살게 되는 것이다.

　디프리랜서의 단점은 단연 돈이겠지만, 글쓰기의 감을 잃는다는 것이 더 큰 단점이다. 인간이란 누가 시키면 일의 능률이 올라간다. 무언가 지시하고 압박하면 능률이 올라간다. 고통받으면 그것은 작품이 된다. 나는 그 고통 속에서 무언가 만들어내고 완성하며 좋아했다. 그것이 전부였다. 그래서 내가 선택한 방법은 디프리랜서의 시간을 시인 이소호와 산문가 이소호의 스위치 바꾸는 시기로 만드는 것인데, 사실 대부분의 청탁은 주제를 정해주므로 미리 써둔 글이 나중에 쓸모 있으리라는 보장이 없다. 결국 쓸모가 없어진 글은 그것대로 하드에 묵어가고, 나는 디프리랜서의 삶을 그렇게 여러 가지 핑계로 놓고 먹으며 살고 있는 것이다.

물론 마냥 노는 것은 절대로 아니다. 프리랜서로서, 어마어마한 고용 불안을 겪으며 '디프리랜서'의 상태에 놓여 있으므로 나는 어떻게든 구할 방법을 찾아야 한다. 전화번호부를 의미 없이 정독한다. 통화버튼을 누를 용기도 없으면서 매일 매일 전화번호부를 살핀다. 과거 종이 신문이 번창하던 시절 '가로수'라는 이름으로 구인 구직을 알선하던 무료 신문에 네임펜으로 쭉쭉 줄을 긋고 전화를 돌려가며 방황하던 백수와 같다. 작가의 상태라고 보기 어렵다. 글은 이미 냈고, 썼고, 쓰일 예정일 뿐. 쓰고 있는 글이 없기 때문이다.

며칠 전에는 새로운 한국 드라마가 무엇이 시작되었는지 확인했다. 사람들이 자꾸만 〈악귀〉를 보라고 추천했는데, 나는 아직 드라마를 볼 준비는 되지 않았다. 앞으로 있을 강의 준비는 했다. 강의 준비는 사실 '디프리랜서'의 영역이다. 이유는 간단하다. '쓰지 않기' 때문이다. 쓰고 있다면, 단 한 줄이라도 작가 모드라면 나에게는 프리랜서의 상태이지만 강사 생활을 할 때는 쓰고 있지 않아야만 한다. 강사는 절대로 학생과 창작 시간이 겹치면 안 된다. 예전에 교수님께 학생이 이런 질문을 했었다. "교수님은 언제 시를 쓰시나요?" 교수님은 방학 때 쓴다고 했다. 나는 그 마음을 알 것 같았다. 남의 글을 보는 것에는 엄청난 에너지가 들어간다. 그 에너지를 쏟을 때는 조금 다른 사람이 된다. 내 글을 완전히 놓아버린다. 그리고 수강생 한 분 한 분에게 집중한다. 그렇게 집중해서 몇 개월을 쉬고 다시 쓰고 쉬는 것이다. 강의란 그런 것이다. 특강은 그나마 괜찮다. 그러나 연강은 다르다. 이것은 인간과 인간의 모음이며 인간과 인간의 묶음, 인간과 인간의 가장 내밀한 순간이 지속성을 가지게 되는 것이다.

지금 쓰지 않는 작가 = 디프리랜서

하지만 여기에도 예외가 있다는 사실을 말해주고 싶다.

그제는 그래서 쓸데없이 목차 만들기 놀이를 했다. 목차란 별것이 아니다. 언젠가 나에게 산문을 내자고 연락해오는 출판사에게 짜잔 보여주기 위함으로 만들거나 내가 이걸 쓰고 싶어지지 않을까 싶어서 겪은 일들을 조금씩 나열해보는 것이다. 요즘에는 미술에 깊은 관심이 있어서 미술에 대한 책을 내 보면 어떨까 들뜬 생각을 하며 목차를 짰다. 미술관에서 사람를 만나서 결국에는 미술관을 나오는 이야기로, 두 번째 시집에서 조금 예술로 들어가는 영역이라고 보면 된다. 다른 작가와 변별점을 가져야 살아남을 수 있는 이 세계에서 다행히 미술 전공이 아님에도 미술 작품으로 요즘 일이 조금씩 들어오고 있어서 공부를 틈틈이 하고 있다. 아마 책을 내게 되면 더 많은 공부가 되리라고 믿어 의심치 않는다. 목차를 짜고 목차에 들어갈 세부 내용을 적기 위해 공부를 하는 것 역시 나는 디프리랜서의 영역에 넣고 싶다. 이것은 누군가 시켜서 하는 일이 아니라 그 누구와도 상관없이 내가 내 일을 만들어 하는 상태이므로 굉장히 희귀하다. 보통 일이 많거나 마감을 어기게 되면 디프리랜서의 시간이 없지만 마감을 성실하게 지키는 나는, 출판사의 스케줄대로, 미래의 글을 가지고 노는 것이다. 미래에 있을 작은 좋은 일들을 위해 움직이는 것이다. 행운은 올 수도 있다. 그러나 오지 않을 확률이 언제나 더 크다. 포기하는 마음까지 가지는 것이 디프리랜서의 삶이다. 나는 이제 목차를 짜고 다음 시집의 콘셉트를 정해본다거나, 나의 먼 미래 계획을 그려본다. 언제쯤 어떤 책이 나오면 좋겠다. 그런 상상만으로도 좋은 상상으로 하루를 채운다. 그렇지 않으면 하루가 너무 길어지고 이상한 생각만 든다. '나만 일이 없나?' 괴로

위진다. 디프리랜서의 기간에는 SNS 활동을 줄여야한다. 세상 사람들이 밤낮없이 활동하는 것을 지켜보면 혼자라는 생각이 들기 때문이다. 자 이제 마음은 조금 편해진다. 정작 그날 내가 아무것도 적지 못했다 하더라도. 단어 단 한 개만 건지는 불행한 하루였다 하더라도 나는 무언가 한 사람이 된다.

세상에 펼치지 못한 수많은 메모들은 지금도 프리랜서의 상태를 기다리고 있다.

디프리랜서는 아직 피지 못한 꽃 한 송이다.

그럼 꽃을 피우기 위해서 나는 정말 결코 아무 일도 하지 않았단 말인가?

아니다. 방금 위에서 말한 일들을 했다. 백조는 물 위에 둥둥 떠 있으나 발을 그 누구보다 빠르게 움직이고 있다. 내가 아무와도 만나지 않은 그 시기에, 마카롱만 먹으며 강의에 필요한 최소한의 에너지로 삶을 연명하던 시절에도 나는 생각해보면 작가로서는 디프리랜서였지만 언제나 프리랜서의 삶을 살고 있었다. 프리랜서라는 말 자체에 어쩌면 디프리랜서는 조건부 포함이라는 생각이 들었다. "프리랜서가 되고 싶으신가요? 그럼 디프리랜서도 포함입니다. 디프리랜서는 말이죠. 일을 하고 싶어도 할 수 없습니다." 누군가가 이 사실을 미리 알려주었다면 회사를 그만두는 대신 이직했을지도 모르겠다는 생각이 든다. 나는 요즘도 7년 전으로 돌아가서 내가 다시 회사를 다닌다면? 계속 다녔다면 어땠을까 생각한다. 그럼 디프리랜서의 삶은 없었을 것이다. 그러니까 글을 쓰는 일을 정말로 겸업으로 멋지게 했을 것이다. 하지만 한편으로는 이렇게 처절한 글은 나오지 않았을 것이라는 생각도 든다. 그래. 예술은 이래서 잔인한 것이지. 로제 떡볶이를 시키고 엄마에게 낭비를 한다고 눈치를 보다가, 병원비가 너무 많이 나온다고 타박하는 것을 견디려고 써냈다. 싸움이 없는 삶을 살 수 있었다면, 내가 생존의 외로움을 느낄 수 없는 무던한 사람이었다면 아무런 일도 일어나지 않았으리라 생각한다. 프리랜서의 삶이란 이토록 고달프다. 하지만 고달프지만 그만두지 못하는 이유에 대해서도 말해보고 싶다. 분명한 것은 프리랜서의 삶이 보여줄 미래를 알면서도 나는 선택했다. 그 사실은 변하지 않는다. 자주 후회는 하지만 돌아가지 않는다. 그리고 나보다는 훨씬 건강하게 디프리랜서의 시간을 잘 견뎌내는 동료들의 갓생이 나를 버티게 한다. 그들은 슬기롭게 디프리랜서의 시기를 보내고 있다. 역시 인생이란 양지에 오래 서 있다고 마냥 좋은 것이 아니다. 가끔은 잠시 쉬어갈 음지가 필요하다. 볕들 날 사이 가랑비를 맞아야 한다. 그래야 시들시 않고 오래오래 살 수 있다. 그것을 알기에 이 삶은 지속되기에 충분히 가치 있고 아름답다.

환상 교차로

둥그런 교차로에서 너는 말했다

직선으로 쭉 넘어가는 길은 없어?

길은 일방통행

신호등은 노란 불

사람들은 횡단보도를 건너다 안전선
밖으로 삐져나온
우리를

쳐다본다

봐봐

여기까지 오는데 얼마나 힘들었는데

너 정말 돌아가고 싶어?

상처 잇기, 잊기

●

●   내가 예술인이 되고 제일 좋은 점을 꼽으라면
여러 가지를 무료로 이용할 수 있다는 것이다. '국립'
이 붙은 곳에 공짜로 입장할 수 있고, 심리 치료를
10회나 공짜로 받을 수 있다(내 돈을 가장 많이 절
약해준 것이 바로 이 무료 심리 치료다). 심리 치료를
받아보지 않은 사람들을 위해 간단히 설명해보고
자 한다. 정신과 치료는 약물 치료와 심리 치료로 나
뉜다. 약물 치료는 보험 적용이 되어 상내적으로 저
렴하게 받을 수 있으나 심리 치료는 그렇지 않다. 보
험 적용이 되지 않아 적게는 7만 원 많게는 15만 원
을 회당 내야 하는데 예술인 전용으로 지정된 곳은
그런 부담이 없다. 그래서 나는 아주 깊은 우울증을
앓고 있던 어느 날 예술인의 특권으로 심리 치료를

받으러 가게 되었다.

심리 치료란 별것이 아니다. 한 시간 동안 나의 이야기를 하고 나오면 되는 것인데, 개인적 견해를 덧붙이자면 3회까지는 좋았다. 첫 회에 여기 오게 된 가장 심각한 트리거에 대해서 이야기했다. 그다음 주에는 가족 이야기를 하고 또 그다음 주에는 시인의 삶에 대한 이야기를 했는데, 그게 거기까지가 전부라는 생각이 들었다. 처음에는 뭣도 모른 채로 신나게 갔다. "안녕하세요. 회사 생활이 어려워요. 제가 전부 사라지는 기분이에요." 이렇게 말을 시작해서 "시인이란 뭘까요"로 이야기가 이어졌는데, 어느새 내가 예정에 없던 말을 하고 있다는 사실을 깨달았다. 첫날이 생각난다. 회사 생활의 괴로움으로 분명 찾아갔는데 말을 20분 정도 하다보니 헤어진 애인의 데이트 폭력에 관한 이야기를 늘어놓고 있었다. 나는 헤어지니 더는 화풀이할 대상이 없다고, 그럼 나는 이 분노를 가지고 계속 살아야 하는 것이냐고 물었다. 그랬더니 심리 상담사는 분노는 어떻게든 풀 수 있고 소호 씨는 예술인이라 다행이라고 말했던 것이 생각난다. 그래서 나는 그가 했던 모든 말들을 끄집어낸, 상처받은 모든 말들을 적어 아카이빙한 계정이 있다고 했다. "이것을 없애면 생각이 나지 않을까요?" 물었더니 상담사는 내게 없애지 말고 글로 쓰라고 조언을 했다. 나는 처음 느껴보는 홀가분한 마음으로 밖을 나섰다. 다들 잊으라고만 했지, 그 누구도 쓰라고 한 적은 없었기 때문이다. 내 편을 하나 얻은 기분이 들었다.

두 번째 만남은 가족 이야기로 흘러갔다. 소호 씨에 대해 알고 싶다고 상담사는 말했고 내담자인 나는 성실히 우리 가족에 대해 이야기했다. 우리 가족은 지금 서로 못 잡아먹어 안달이라는 말도 붙여야 했다. 그때 나는 처음으로 가족이랑 따로 살았는데, 가족들은 붙어 있으면 싸우고 떨어지면 너무 그리워 견딜 수 없다는 고백도 했다. 나와서 살면 모든 게 해결될 줄 알았는데 그게 아니라는 사실도 덧붙였다. 가족이 어쩌면 가장 먼 존재가 아닐까. 상담사는 가까이 있을 때도 멀리 두고 생각하라는 아름다운 이야기를 전했다. 가족을 너무 내 곁에 두지 말라. 그리고 가족을 너무 멀리 하려고 애쓰지 말라. 적정선을 유지하라는 조언을 건넸다. 나는 그날 가족을 혼자 용서했다.

세 번째는 조금 쉬웠다. 대학원에서 다시 사회생활로 돌아온 나에 대한 이야기들이있다. 니 는 시인인데 유명하지 않고, 이 길을 가는 것이 나는 옳다고 보는데 부모님은 한심하게 본다는 이야기였다. 예술을 한다면 누구나 겪는 일이었지만, 무명 시절을 견딘다는 것은 생각보다 힘들다. 그러다보니 나는 회사 일 틈틈이 곁노동으로 문학을 했다. 그래서 문학이 아주 소중했다. 더는 없어서는 안 될 존재라고 생각이 들 정도로 문학이 소중해졌다. 그때만 내가 나인 것 같았기 때문이다. 회사원이라는 타이틀을 떼고 살다보면 결국에는 아무도 없다. 나는 아무런 존재 가치도 없는 사람이라는 생각이 들면 이렇게 살아서 뭐 하나 하는 생각이 또 든다고. 그 생각이 들면 결국에는 죽어도 여한이 없겠다는 생각마저 든다고 말했다. 그랬더니 상담사는 그것은 당연한 것이라며 당신이 죽고 싶은 마음을 이해한다고 했다. 다들 내게 죽지 말라고만 했지 죽고 싶은 마음을 이해한다고 한 적은 없었기 때문에 굉장히 놀랐다. 상담사는 말했다. "소호 씨, 문학보다 업무보다 중요한 것은 자기 자신을 지키는 일이에요. 정말 자기 자신이 어느 곳에도 속하지 못해서 힘들다는 생각이 들 때는, 어느 곳에라도 속하고 싶어서 속상할 때는 그냥 잠시 떨어져 있다가 와도 괜찮아요. 아무도 모를 거예요. 그리고 돌아왔을 때 다들 환영해줄 거예요."

나는 잠시 생각했다. 그래 고민에서 한 발짝 떨어지면 이렇게 아름다울 수 있구나, 내가 한 고민들은 모두 헛된 것이었구나 생각했다.

문제는 그다음부터였다.
무료 상담은 무려 일곱 번이나 남아 있었다.

나는 상담이라는 이 기회가 얼마나 소중한 것인지 알았지만 더는 할 말이 없었다. 하지만 상담사에게 솔직하게 말하지 못하고 마치 글을 쓰듯이 하루 종일 무슨 말을 더 해야 할까 생각했다. 그러니까 불행 채집 놀이를 한 셈이다. 나는 상담하는 날이 다가오면 다가올수록 마치 마감에 쫓기는 사람처럼 내 안에 있는 불행의 키워드를 끄집어냈다.

다음주가 공포스러운 이번 주가 되었다. 그 주는 갑자기 평탄하기만 했던 지금의 인간관계는 넘겨버리고 과거의 인간관계에서 힘들었던 점을 이야기했다. 상담사는 아주 편안하게 인간관계에 대해서 이야기해주었다. 힘든 일이 아니라고 말해주었다. 역시나 상담사는 프로페셔널하고 차분했다. 그리고 그 다음 주는 정말 할 말이 없는 주였다. 일 때문에 바빠서 생각조차 할 시간이 없었다. 집에 가서도 겨우 눕는 수준으로 일을 하고 있었다. 약간의 고민이 있다면 불면증 정도였고 그것에 관해서는 내가 할 수 있는 일은 하나도 없다는 생각이 들자 나는 또다시 과거에서 고민을 끄집어냈다. 그래서 굳이 하지 않아도 될 걱정이었던 어린 시절의 교우 관계에 대해서 이야기했다. 그것을 떠올리고 입에 올리면서 나는 생생한 공포 속에서 이 이야기를 해야만 한다는 것을 느꼈다. 한마디로 괴로웠다. 왜 다 잊은 이야기를 꺼내서 다시 오늘의 공포로 가져왔을까. 갑자기

내 모든 인간관계가 의심스럽기까지 했다. 다음 상담
도 비슷했다. 나는 할 말이 없었으므로 그 할 말을
찾기 위해서 고군분투하는 사람이 되었다. 내 상처
는 이미 치유되었으나, 이 소중한 예술인 복지 재단
의 아름다운 상담 기회를 날려버릴 수 없었다. 그래
서 인생을 돌이켜보며 괴로운 순간순간을 가져갔다.
회사 사장이 인간 같지도 않다고 욕을 한 바가지를
하고 왔다. 속은 후련했으나 진짜 내가 하고 싶은 말
은 아니었다. "그냥 회사를 옮기면 어때요?" 이런 말
을 들었고 그게 상담사가 할 수 있는 최선의 말이라
는 것을 알았다. 그래 회사를 그만두면 모두가 편해
진다. 하지만 다음달 월세를 카드 값을 내려면 일을
해야 한다. 그래서 나는 열일했다. 그다음 상담을 더
는 진행할 수 없을 정도로 나는 쇠약했지만 또 이야
기를 만들어 가야 했다. 어릴 적 겪었던 성폭력의 경
험까지 가져갔다. 정말 괴로웠다. 하지만 한편으로는
묵힌 이야기도, 잊기로 결심한 이야기도 언젠가 어디
서는 풀어야겠다고 생각했다. 그리고 내가 가진 상
대(사람)에 대한 고정관념의 고통도 가져갔다. 그러
니까 나는 이번 주에 할 말을 위해 계속 불행을 끌
어 쓰는 사람이 되었다. 흉터가 된 일도 다시 후벼파
서 스스로를 고통스럽게 만들었다. 치유가 된 줄 알
았는데 사실은 치유된 적은 단 한 번도 없다는 것을
깨달았고, 그냥 덮어둔 채 모른 척하고 있었다는 사
실도 알게 되었다. '사실'을 알게 된 날 나는 그 '사실'

때문에 무척이나 괴로웠다.

상처를 잊기 위해 상처를 매주 이어 붙이는 나는,

정신과에 다니는 것보다 더 큰 저주에 걸린 기분이 들었다. 이번 주에는 무슨 이야기를 해야 할지 회사에서 몰래 글을 썼다. '이번에는 이 이야기를 해야지. 이 이야기를 하면 이 사람은 나에게 해답을 줄 거야.' 그렇게 생각했다. 그러나 세상은 호락호락하지 않았다.

상담사는 내게 심리 검사를 제안했다. 심도 깊은 검사라 지능지수까지 나오는데, 〈요즘 육아 금쪽같은 내 새끼〉 같은 곳에 많이 나오는 것이었다. "당신의 아이는 지능이 떨어지지 않아요. 영재예요. 하지만 정서적으로는 불안하다고 나오죠?" 이렇게 오은영 선생님이 말하는 그런 검사를 받았다.

집 모양을 그렸고 퍼즐도 빠른 시간에 맞췄고, 말하는 것도 했고, 500여 개 가까이 되는 문항에 답도 체크했다. 그리고 숫자 뒤로 세기 등과 같은 수리 검사도 했다. 공간 지각 능력 검사도 하고 그러니까 할 수 있는 모든 검사는 다 한 것 같았다. 검사를 해 놓고 나니 세 시간이 훌쩍 넘어 있었다.

"다음주면 결과 나와요, 소호 씨. 꼭 오세요."

그래 마지막 다음주 내가 받은 글은 이러했다. 엄청나게 긴 글이었지만 아직도 생각나는 건 딱 두 문장이다.

언어적으로 매우 뛰어남.
그리고 자살 사고의 위험 있음.

그때의 나를 가장 잘 보여주는 장면이 아닐까싶다. 나는 그때 합정에서 일하고 당산에서 살았다. 심리 상담 센터도 당산에 있었다. 나는 울면서 당산으로 걸었다. 양화대교를 울면서 걸었다. 바람 때문에도 그렇고 이상하게 쓸쓸하게 숙제를 하러 가는 기분이 들었다. 그래 뛰어내리고 싶던 순간도 정말 많았지만 '자살 사고의 위험 있음'은 너무 충격적이라 엄마 아빠께 공유했다. 그랬더니 "사고의 위험이 있는 거지 하고 싶다는 건 아니지?" 이런 슬픈 말이 들어왔다. 아, 마지막 상담을 끝내버렸는데 지금부터 상담을 다시 시작해야 될 것 같은 느낌은 왜일까. 내가 너무 함축적으로 내 상처를 쉽게 끝내버린 기분도 들었다. 상담사는 마지막에 이런 말을 덧붙였다.

이미 일어난 일에 대해서만 생각하기.
이것은 나 자신과 한 가장 큰 약속이기도 하다.

나는 그동안 일어나지 않은 일에 대해 골몰하느라 시간을 다 썼다. "이 사람은 왜 연락이 안 될까요?" "제가 뭘 잘못해서 이 사람이 연락을 받지 않는 걸까요?" 이런 시답지 않은 질문을 했을 때 상담사가 거듭 강조한 것이다. "이미 일어난 일은 연락을 받지 않는 것뿐이죠? 근데 소호 씨가 왜 잘못했다고 단정짓나요. 그 사람에게 무슨 일이 있거나 아무 일도 있지 않을 수 있는데." 나는 그때 많은 것을 깨달았다. 이미 일어난 일만 생각하자. 상담사는 이미 일어난 일을, 외면하지 말라는 말도 했다. 인간은 배움과 학습의 동물이니까. 배우고 익히다보면 조금은 성숙한 사람이 될 수 있을 거라는 말을 했다. 상담을 하는 내내 괴롭기도 했지만 배움도 있었다. 그리고 인생에 모토가 되는 말 한마디를 얻었다.

상담을 원하는 사람을 위해 몇 가지를 당부하고 싶다. 많은 것을 기대하지 말 것. 언제든지 할 말이 없어지면 상담을 그만둘 것. 그리고 인생에 공부가 될 말 한마디만 건져 오기. 내가 앞서 상처를 가지고 매주 양화대교를 건너는 이야기를 했는데, 상처를 되돌아보는 일은 괴로웠다. 잠시 멈췄다가 할 말이 생각난 후에 찾아갔다면 조금 더 건강한 상담을 진행했을 거다. 우리는 생각하는 동물이니까. 생각은 어떨 때 그 고통으로 꼬꾸라지게 하기 때문에 그 고민을 멈출 어떤 문장도 반드시 필요하다는 것이다. 꼬리에 꼬리를 무는 나쁜 이야기들과 고통이 떠오를 때는 잊지 말자. 그러니까 일어난 일만 생각하기에도 우리는 너무 바쁘다.

Part. 3

오은

시

- 오전 7시 36분의 시
  오전 11시 47분의 시
  오후 1시 23분의 시
  오후 5시 49분의 시
  오후 10시 37분의 시

산문

- 눈이기도 하고 비이기도 한 것
  밝으니까 되었다
  마음을 점치기, 마음에 점찍기
  늘어질 때 늘어나는 것
  딴눈으로 밤을, 뜬눈으로 아침을

오전 7시 36분의 시

시

- 　오전 7시 15분, 알람이 울린다 선선히 깨지 않는다
　시는 아직 발음되지 않는다

　오전 7시 20분, 또다시 알람이 울린다 순순히 깨지 않는다
　시는 여전히 동결 상태다

- 　꿈꾸고 싶을 때마다 그것은 한 번도 나를 찾지 않았다
　꿈 깨라는 듯 고약한 쥐가 찾아왔다

　정신이 들고 보니 꿈인지 생시인지 7시 28분이었다 더 지체할 수 없었다 세수를 한 뒤 타이머를 맞추고 정확히 3분 동안 양치질을 했다 밤새 입천장에 딜라붙어 있던 말이 속 시원히 떨어져 나왔나

　싫어

　웬만해서는 하지 않았던 말
　왠지 할 수 없었던 말

실어失語의 반동으로 칫솔이 바닥에 굴러 떨어졌
다 칫솔은 허공에 게거품을 뿜어내는 것으로 제 의
사를 표현했다 7시 32분이었다 옷을 입을 차례다

힐끗 밖을 내다보니 뭔가가 내리고 있었다

눈도 아닌 것이
비도 아닌 것이

싫어

눈이기도 하고
비이기도 한 것이

7시 36분, 진눈깨비 속으로 걸어 들어간다

시는 미결 상태의 그림자가 된다
온종일 내 뒤꽁무니를 따라다닌다

눈이기도 하고 비이기도 한 것

●

산문

●
　　　눈을 뜨면 아침이라고 말하는 이가 있었다. 그는 매일 밤 일정한 시각에 잠들었다. 엄청 피곤하거나 몸살을 앓거나 숙취에 시달리지 않는 이상, 아침에 절로 눈이 떠졌다. 아플 때조차 알람 시계의 도움을 받아 어떻게든 기상했다. 별일이 없는 날이라 할지라도 잠자리에 오래 머무는 법이 없었다. 그는 침대의 스프링 반동反動을 이용해 곧장 화장실로 향했다. 겨울에도 찬물로 세수하는 이유는 성신이 번쩍 들어서였다. 그에게 날이 밝는다는 것은 눈이 밝아지는 것과도 같았다. 불을 켜지 않아도 맨눈으로 사물을 식별할 수 있는 것은 물론, 눈이 밝아지면 미래도 점차 밝아지리라 믿었다. 눈이 밝아지고 사리가 밝아지고 분위기가 밝아지면 마침내 전망 또한 밝아질 것 같았다.

　반동. 그는 저 단어가 자신을 일으켜 세운다고 믿었다. 아침에 일어나 기지개를 켜고 맨손체조를 하는 것은 하루를 능동적으로 시작하겠다는 다짐이기도 했다. 3분 타이머를 맞추어두고 양치질을 하는 것은 최대한 청결한 상태로 밖을 나서겠다는 결심이었다. 양치질 후 마시는 찬물 한 컵은 그에게 언제나 약속된 활력을 불어넣어주었다. 찬물이 식도를 타고 내려갈 때 반대로 몸속의 피는 끓는 것 같았다. 그러니까 그에게 아침은 반동을 온몸으로 느끼는 시간이었다. 아침마다 그는 뭐든 할 수 있을 것 같다는 자신감에 휩싸였다. 거울을 보고 최대한 밝게, 하지만 다소 어색하게 웃었다. 밝음과 밝음이 만나도 더 밝아지지는 않는다는 사실을 두 눈으로 똑똑히 확인할 수 있었다.

　그가 오전 9시부터 오후 6시까지 일하는 직장에 입사했을 때, 주위 사람들은 그다지 놀라지 않았다. 이는 될 사람은 어떻게든 된다는 의미라기보다 끈기의 미덕을 재확인했다는 데서 오는 안도감에 가까웠다. 적어도 그의 근태에 관해서만큼은 걱정하는 사람이 아무도 없었다. "너는 회사원과 잘 어울려." 라는 친구의 말을 그는 축하의 의미로 받아들였다. 각박한 세상에서 어울리는 자리가 하나라도 있다는 사실은 얼마나 근사한가. 실제로 그는 한동안 아침이 밝아오기를 그 누구보다 기다리기도 했다. 출근의 설렘으로 평소보다 일찍 눈을 뜨는 날도 있었다. 이 말을 듣던 친구는 정색하며 경고했다. "회사에 가서는 절대 그런 말 하지 마." "왜?" 그는 놀라서 물었다. "사람들이 이상하게 생각할 거야."

회사 생활은 단조로웠다. 하는 일도 그다지 어렵지 않았다. 일을 처리하기 위해서는 다름 아닌 시간이 필요할 뿐이었다. "자네는 참 성실해." 상사들은 어깨를 툭 치고 지나가며 그에게 일감을 건넸다. 온종일 자리에 앉아 일해도 어쩔 수 없이 야근하는 날이 생기기 시작했다. 성실하다는 말은 종종 묵묵하다는 말과 비슷하게 사용되었다. 회사 차원에서 볼 때, 어떤 일도 군소리 없이 해내는 그는 더할 나위 없이 성실한 직원이었다. 그는 자신이 쓸모가 있다는 사실에 기뻐하면서도, 몸과 마음이 조금씩 쓸리고 갈리고 닳아진다는 것을 느꼈다. 하루는 어김없이 24시간인데, 회사에 다니기 시작하면서부터는 시간이 늘 부족했다.

귀가 후 옷을 입은 채 그대로 침대 위로 쓰러질 때, 그는 이대로 깊은 잠에 빠져들면 좋겠다고 생각했다. 내친김에 꿈도 꾸었으면 했다. 편한 사람들과 한바탕 웃고 떠드는 꿈, 아무것도 하지 않고 진종일 누워만 있는 꿈, 아침부터 밤까지 시간을 흘려보내는 꿈… 꿈꾸기를 꿈꾸던 도중, 그는 문득 이상한 감정에 사로잡혔다. 예전에는 눈을 뜨면 아침이었는데, 일어나자마자 화장실로 직행했었는데, 찬물은 그에게 활력을 불어넣어주었었는데… 확신의 시간이었던 아침을 언젠가부터 그는 회피하고 있었던 것이다. 침대 스프링의 반동도 아무 소용이 없었다. 그는 내처 누워만 있고 싶었다.

부장이 갑작스러운 출장을 핑계로 그의 자리에 서류 더미를 툭 내려놓았을 때, 회사에 남은 일말의 애정도 발등 위로 툭 떨어졌다. "내일까지 검토해야 하는데, 믿을 만한 사람이 당신밖에 없네." 그는 싫다고 말하고 싶었다. 더 이상 성실하게 살기 싫었다. 성실은 정성스럽고 참되다는 뜻인데, 회사에서는 그 말이 제 몸을 갈아 넣고 에너지를 통째로 쏟아붓는 것을 의미했다. 부장이 자신을 가리켜 당신이라고 말하는 것도 싫었다. 서류 검토를 앞두고 갑작스럽게 출장 스케줄을 잡은 것도 이해할 수 없었다. 그러나 그는 아무 말도 할 수 없었다. 부장이 히죽 웃으며 그의 어깨를 살짝 감싸 쥐었다. 문득 울고 싶어졌다.

어느새 그는 세 개의 기기에 알람을 일곱 개나 맞추어놓는 사람이 되어 있었다. 눈을 뜨면 으레 아침이던 시절은 온데간데없었다. 그는 회사가 싫었다. 사람이 싫었다. 회사에서 만나는 사람들이 싫었다. 회사에 가기 위해 아침 일찍 일어나야 한다는 사실이 싫었다. 그러다 보니 어느 순간 거짓말처럼 아침이 싫어졌다. 더 이상 싫어할 수 없을 정도로 싫어졌다. 알람 시계의 도움을 받지 않으면 도저히 일어날 수 없게 되었다. 어느 날 아침에는 알람 시계를 부수고 싶은 충동이 일기도 했다. 거울 속 변해버린 자기 자신의 모습을 보고 있자니 허탈함이 밀려들었다. 성실하다는 말이 그 무엇보다 싫었다.

네 번째 알람의 도움을 받아 아침에 일어났을 때 그는 회사를 그만두겠다고 마음먹었다. 그 말을 입 밖으로 반드시 꺼내야겠다고 생각하며 주먹을 불끈 쥐었다. 오늘은 그가 성실을 상실하는 날이었다. 그는 여느 때처럼 3분 동안 악착같이 양치질을 했다. 못다 한 말들이 씻겨 내려가기를 바라면서. 힐끗 창밖을 내다보니 뭔가가 내리고 있었다. 눈도 아니고 비도 아닌 것이 퍼붓듯 쏟아지듯 내리고 있었다. 눈이기도 하고 비이기도 한 것이 폭설처럼 폭우처럼 땅 위를 덮치고 있었다.

진눈깨비 속을 걸어가며 그는 자신이 눈을 맞는 건지 비를 맞는 건지 가늠해보았다. 어쩌면 자신은 눈도 아니고 비도 아닌 사람일지 모른다. 눈이기도 하고 비이기도 한 사람일지도 모른다. 정답이든 오답이든, 답을 구하기 전까지는 회사에 당도할 수 없을 것 같았다. 진눈깨비의 반동이었다.

오전 11시 47분의 시

눈을 떴을 때 사방이 밝았다 손목시계를 보니 11시 47분이었다 화들짝 놀랄 필요도, 머리를 감싸 쥘 필요도 없었다 오히려 정오를 넘기지 않고 일어 난 스스로가 대견할 지경이었다

그는 빛을 내팽개친 적이 있다

저런, 새벽까지 잠을 못 잔 거야? 걱정하는 사람 도 없었다 해가 중천에 솟았는데 여태 자빠져 자니! 타박하는 사람도 없었다 오늘은 할 일이 없는 모양 이네? 대놓고 비웃는 사람도 없었다

밝으니까 되었다

블라인드 사이로 들어오는 빛줄기를 멍하니 바 라보았다 삶의 의욕을 상실했을 때조차 해는 떠오른 다 여름에는 뜨겁고 겨울에는 따뜻하게 내리쬔다 빛 과 볕, 살과 발 같은 것을 두서없이

그는 곁눈질로 온기를 탐색한다

정오가 지나고 점심이 되었지만 그는 여전히 11시 47분에 머문다 아침에 있고 싶어서다 아침을 좀 더 누리고 싶어서다 오전 약속을 잡고 싶어서다 그는 11시 59분의 표정을 떠올린다

넘어가는 일은 늘 아슬아슬하다

문득 어머니의 말이 떠올라 블라인드를 걷는다 빛 좋은 개살구 알지? 개살구도 빛이 좋아야 사람을 끌어 제발 빛 좀 보며 살자 빛을 봐야 빛도 난다 어머니는 빛을 지고도 빛을 포기하지 않는 사람이었다

한입 베어 물기 전에는 얼마나 시고 떫은지 도통 알 수 없었다

11시 47분에서 벗어나기 위해 세수를 한다 내팽개친 빛을 되찾기 위해 주섬주섬 옷을 챙겨 입는다 아침에서 낮으로 가기 위해 양말을 신는다 신지 떫은지 알아내기 위해 개살구 밖으로 걸어 나간다

공터에는 공평하고 엄정하게 쏟아지는 빛

밝으니까 되었다

밝으니까 되었다

●

● 눈을 떠야 아침이라고 말하는 이가 있었다. 아침에 눈을 뜨는 경우에는 아침이 아침이었지만, 날을 새고 아침에 잠들 경우에는 해가 중천에 솟았을 때가 아침이 되기도 했다. 간혹 늦은 오후에 잠을 청하게 되는 때도 있었는데, 이럴 때면 그는 밤하늘을 마주하며 아침을 맞이하기도 했다. 밖이 밝든 어둡든 아침이었으므로 그는 습관처럼 모닝커피를 마셨다. 조간신문의 기사를 밤에 읽는 날도 많았다.

그에게 신문을 읽으라고 신신당부한 사람은 다름 아닌 그의 어머니였다. 그의 어머니는 그가 아는 가장 다부진 사람이었는데, 쉴 새 없이 쏟아지는 잔소리는 기실 촌철살인이었다. "세상을 알아야 읽을 수 있어. 글자를 알아야 책을 읽을 수 있는 것처럼. 그래야 뭐라도 하지. 이 어미처럼 말이다." 그러고 난 후에는 본인 인생의 단물, 신물, 짠물에 대한 일장연설이 시작되었다. 시장 좌판에서 고등어를 판 이야기, 꽁치를 함께 팔기 시작하자 사람들이 자신의 좌판을 찾지 않게 된 이야기, 꽁치에서 방사성 물질인 세슘이 검출되었다는 이야기, 국내산 꽁치를 팔았는데도 사람들이 대만 꽁치나 일본 꽁치라고 생각했다는 이야기, 이 모든 것을 신문을 통해서 알게 되었다는 이야기… 일장 연설의 끝은 짠물인 경우가 많았는데, 어머니는 그의 무릎을 붙잡고 서럽게 울곤 했다.

대학을 졸업하고 그는 작은 식당을 열었다. 낮에는 주로 백반을 팔고 저녁에는 술도 팔 계획이었다. 오징어 볶음이나 골뱅이 무침처럼 안주 삼기 좋은 메뉴도 넣었다. 그 소식을 뒤늦게 접한 어머니는 난리가 났다. "네가 무슨 장사야. 시장에서 말도 먼저 못 거는 애가. 장사는 다가가는 일이야. 기다리는 일처럼 보이지만 항시 고객의 눈치를 보며 다가가는 일이 장사야." 대체 누구에게 어떻게 다가가는 것이냐고 묻고 싶었지만, 어머니는 답답하다는 듯 연신 가슴을 쳤다. 그의 어머니는 살면서 선수先手를 빼앗긴 적이 한 번도 없었다.

어머니의 예상대로 장사는 잘 안 됐다. 음식 맛을 본 어머니는 "내가 먹기엔 괜찮은데? 밑반찬은 나보다 나은데?"라도 칭찬하는 듯하다가 "역시 먹는장사는 괜찮은 것 정도로는 어림없는 모양이다"라는 말로 쐐기를 박았다. 월세가 한 달 두 달 밀리기 시작하자 그는 승부수를 띄웠다. 매주 단일 메뉴를 선정해서 그것만 파는 방식이었다. 대부분의 메뉴 가격도 조금 낮추었다. "이러면 안 돼. 백반 먹는 사람들은 하루에도 두 끼를 식당에서 먹잖니. 한 가지 메뉴로는 안 돼. 적어도 두 가지는 있어야 한다. 그래야 선택을 하지. 이걸 먹을까, 저걸 먹을까 선택하는 즐거움을 앗아가선 안 된다." 그는 어머니의 말을 듣지 않았다. 이번만큼은 자신의 소신대로 밀고 나가고 싶었다. 식당은 반년을 채우지 못하고 문을 닫았다. 뭔가를 다시 해보겠다는 의지도 덩달아 꺾였다. 보란 듯이 재기하기엔 실패가 변변찮다고 느꼈다.

　　그는 자기 몸에서 뭔가가 빠져나갔다고 생각했다. 무게를 잴 수는 없지만 스스로를 지탱해주는 어떤 것이 사라졌음을 깨달았다. 이를테면 영혼 같은 것. 사라진 영혼을 되찾을 수 있을까. 그는 멍한 얼굴로 거울을 보며 자문했다. 어지러웠다. 어머니는 의기소침해진 그를 나무라는 대신, 이따금 처연한 눈빛으로 지긋이 바라보았다. 끈질김이야말로 어머니가 지닌 가장 큰 강점이었다. 블라인드를 치고 어둡게 사는 그에게 어느 날 어머니가 찾아왔다. 한 손에는 제철 과일을, 다른 한 손에는 홍삼을 든 채였다. "빛 좋은 개살구 알지? 개살구도 빛이 좋아야 사람을 끌어. 제발 빛 좀 보며 살자. 빛을 봐야 빛도 난다." 어머니가 힘차게 블라인드를 걷었다. 해가 통째로 집 안에 들어왔다. 햇빛과 햇볕, 햇살과 햇발… 해에서 파생된 온갖 단어들이 한꺼번에 굴러 들어오는 것 같았다.

"해가 중천에 있다." 어머니는 당연한 것을 당연한 것 이상으로 말하는 능력이 있었다. 해가 중천에 있다는 사실을 전달할 뿐만 아니라 중천에 있는 해는 응당 봐야 하지 않겠느냐고 설득하려 했다. 그는 어머니의 움직임을 꼼꼼하게 바라보았다. 기민함에 위용까지 갖춘 움직임, 야무짐에 유연성마저 지닌 움직임이었다. "밥부터 먹자. 그래야 머리가 돌아간다. 생각은 해도 그만, 안 해도 그만이지만 밥을 먹어야 의욕이 생긴다." 그는 영혼을 잃고 육체를 얻은 사람을 떠올렸다. 그래도 육체가 있으니 영혼을 찾으러 떠날 수 있을 것이다. 밥공기를 다 비우고 그는 후식으로 홍삼까지 챙겨 먹었다. 해는 아직 중천에 있었다.

"엄마는 기다릴 거다. 그깟 일로 마음의 병을 얻었다고 타박할 생각도 없다. 마음이 어렵다는 건 엄마도 잘 안다. 화장실에만 다녀와도 10년 강산처럼 달라지는 게 마음 아니냐. 엄마는 끝까지 기다릴 거다." 엄마는 오늘 자 촌철살인을 마지막으로 돌아갈 채비를 시작했다. 인생의 단물, 신물, 쓴물, 짠물을 고스란히 안은 채 신발을 신었다. 현관 앞에서 불쑥 뒤돌아설 줄은 예상하지 못했다. "잘난 척, 아는 척, 있는 척 다 소용없다. 누가 뭐래도 척 중의 척은 억척이야. 끈덕진 사람이 결국 개살구를 판다." 식도 위로

위액이 올라오는 게 느껴져 그는 눈을 질끈 감았다.

그날부터 그는 빛과 가까워지려고 부단히 애를 썼다. 일어나서 가장 먼저 하는 일은 블라인드를 걷는 것이 되었다. 블라인드를 걷을 때면 빛살이 빛발이 되었다. 햇빛과 햇볕, 햇살과 햇발이 동시다발적으로 그를 휘감았다. 눈을 떠야 아침이라고 오랫동안 굳게 믿었지만, 아침에 눈을 뜨는 횟수가 몰라보게 늘었다. 빛을 일찍 마주하고 싶었다. 몸에서 빠져나간 뭔가를 되찾기 위해서는 아무래도 밝을 때 움직여야 할 것 같았다. 마트에 가서 고등어 한 손을 사 가지고 오면서 그는 어머니에게 전화했다. "어머니, 해가 중천에 떴어요." 어머니가 웃으며 대답했다. "중천은 하늘의 한가운데 아니냐. 근데 나는 이상하다. 누가 하늘의 한가운데를 정할 수 있겠니. 그건 아마 하늘도 모를 거다. 하늘이 평생 풀어야 할 숙제 같은 거지."

그는 어머니에게 아직도 신문을 읽으시냐고 물으려다 그만두었다. 어머니는 두 발로 새 소식을 찾아가는 사람이니까, 고객에게 먼저 다가가는 사람이니까, 억척스럽게 기다릴 줄 아는 사람이니까. 몸에서 빠져나간 것이 다시 몸속으로 스며든 것도 같았다. 그게 짠물이든, 영혼이든, 햇빛이든, 억척이든 뭐라도 좋았다. 그저 밝으니까 되었다.

오후 1시 23분의 시

이 시는 점심시간에 대한 시다
한 중소기업에 다니는 4년 차 직장인에 대한 시다

시시한 시다
시시함과 시시덕거리는 시다

11시 30분, 고민이 깊어지는 김 대리에 대한 시다
이 중소기업에는 일곱 명의 김 대리가 있다
오직 이 시에 등장하는 김 대리만이 점심시간에
진심이다

하루에 세 끼, 1년이면 일천아흔다섯 끼를 먹는
데도
김 대리에게 먹는 일은 매번 어렵다

혼자냐 함께냐
단품이냐 세트냐
때우느냐 채우느냐

야식이라도 먹는 날에는 꼼짝없이 밤잠을 설쳐
야 한다

바쁜 날에는 점심시간에도 쉽게 일어나지 못한다
스프레드시트의 숫자들이 칼로리로 보인다
칼로리는 모니터 앞에서 음식으로 변환된다
쑤고 비비고 찌고 끓이고 삶고 무치고 굽고 튀기
고 절이고 조리고
스스로를 지지고 볶는 함수는 시시한 만큼 무
시무시하다

점심을 거를까 고민하는 김 대리,
허기 때문인지 헛소리가 들린다

명심하세요
점심입니다

내일 찾아옵니다
매일 찾아옵니다

오후 1시 23분,
김 대리가 자리에서 휘우듬히 일어난다
올해 일천아흔다섯 끼 중 고작 한 끼지만

이 끼니를 거르면 하루는 더 시시해질 것이다

이 시는 점심시간에 대한 시다
끝난 점심시간이 극적으로 다시 시작되는 시다

마음을 점치기, 마음에 점찍기

●

● 　　배꼽시계를 가진 이가 있었다. 그가 소유한 시계는 정확했고, 정확한 만큼 예민했다. 시계는 단순히 시간만 알려주지 않았다. 시키지도 않았는데 자꾸 알람을 보냈다. 곡기가 필요하다고, 탄수화물만이 너를 구원할 거라고, 갈증이 난다고, 물을 마시라고, 얼음이 든 탄산음료가 절실하다고, 얼른 나를 채워주라고, 당장 나를 보충해달라고. 그는 배꼽시계의 알람을 외면할 수 없었다. 배 속에서 자꾸 이상한 소리를 만들어냈기 때문이다.

　　꾸르륵꾸르륵 배꼽시계가 내는 소리가 반복되면 옆자리에 앉은 직원이 헛기침을 했다. 배를 틀어쥐어도 소리는 어떻게든 비어져 나왔다. "소화가 되는 소리예요." 그는 넉살 좋게 말했지만 붉게 달아오른 얼굴을 어찌할 수는 없었다. "네, 파죽지세로 소화가 이루어지는 모양이에요." 상대가 추어올리는 것인지 빈정거리는 것인지 알 수 없었으나, 그는 어색하게 웃고 말았다. 별도리가 없었다. 배는 당분간 연주를 그칠 생각이 없어 보였다.

한번은 클라이언트와의 미팅에서 배꼽시계가 잇따른 굉음을 내는 바람에 화장실로 급히 피신하는 사태가 벌어졌다. 그는 배를 내려다보며 푸념하듯 말했다. "오늘은 안 돼. 너는 음악이라고 생각하겠지만 어떤 자리에서 그건 소음이야." 배는 그의 말을 알아들었다는 듯 일순 잠잠해졌다. 돌아간 자리에서 다시 연주를 시작했지만 말이다. 프레스토로, 포르티시모로. 클라이언트는 웃음을 참지 못했다. "어제 뭐 드신 거예요?" 그 덕분에 엄숙했던 미팅은 한결 부드러워졌다. 실적을 중시하는 팀장은 그의 음악에 만족했다.

직장에 입사한 지 3년이 되어가고 있었으나 그때까지 그에게 점심은 때우는 것이었다. 팀장이든 팀원이든 자연스럽게 무리에 속해 국밥이든 냉면이든 백반이든 자장면이든 금세 해치우고 돌아오는 게 일상적인 점심 풍경이었다. 평소에 식사를 천천히 하던 그는 어느새 팀원들의 속도에 맞춰 달려들 듯 밥을 먹고 있었다. 맛을 느낄 겨를도 없었다. 밥을 먹고 나올 때 계산대에 비치된 껌이나 이쑤시개를 하나 챙기는 것에도 익숙해졌다. 회사에 복귀한 후 준비실에서 믹스 커피를 마시면서 하나 마나 한 소리를 주고받는 것에도 능숙해졌다.

사원에서 대리가 된 후, 그는 점심시간을 되찾기로 마음먹었다. 스스로에게 주는 승진 선물이었다. 배꼽시계의 연주가 시도 때도 없이 울려 퍼지는 것도 본연의 식사 리듬을 잃었기 때문이라고 믿었다. 그는 무리에 휩싸이지 않고 천천히 식사하기로 했다. 헐레벌떡 섭취하는 것에서 차근차근 음미하는 것으로 식사의 방향을 바꾸고 싶었다. 때우는 게 아니라 채우고 싶었다. "끼니는 대신하는 게 아냐. 챙기는 거지." 서울에 올라올 적에 어머니가 그의 손을 붙잡고 했던 말을 그는 잊지 않고 있었다. 문득 주먹을 쥔 손에 힘이 들어갔다. 이 주먹을 펴고 숟가락과 젓가락을 집을 것이다. 그것들을 최대한 여유롭게, 마음 가는 대로 움직일 것이다.

황태해장국, 샐러드와 샌드위치로 구성된 브런치, 갈비찜, 명란 파스타, 버섯 샤브샤브 등이 그가 첫 주 점심에 먹은 것들이었다. 혼자 먹기에는 민망한 메뉴도, 혼자 다 먹기에는 버거운 메뉴도 있었다. 2인분 이상만 주문할 수 있는 메뉴일 때 그는 호기롭게 2인분을 시켰다. "누가 또 오시나 봐요?"라는 종업원의 물음에 눈을 찡긋하며 웃는 여유도 생겼다. 한 번도 피워본 적 없는 넉살이었다. 점심시간은 늘 한 시간이었지만, 그것을 통째로 자기 자신을 위해 쓰는 것은 난생처음이었다. 그는 자신이 잘 산다고 단언할 수는 없어도 괜찮게 살고 있다고는 말할 수 있을 것 같았다.

　그가 여유로운 점심을 선포한 지 일주일 만에 위기 상황이 닥쳤다. 그의 업무가 산더미처럼 늘어난 것이다. "김 대리, 아까 부탁한 거 어떻게 됐어?" "김 대리, 다음 주까지 제출하기로 한 실사 보고서 진행 상황 좀 보고해." "김 대리님, 제가 작성한 초안에서 손볼 데 좀 체크해주세요." 회사에 다니는 일곱 명의 김 대리 중에서 그가 제일 바쁜 것 같았다. 배꼽시계 대신 바빠진 것은 다름 아닌 한숨 시계였다. 언젠가부터 그는 습관적으로 한숨을 내쉬기 시작했고, 이는 옆자리에 앉은 사람뿐 아니라 회사의 다른 부서 사람들에게까지 어두운 기운을 불어넣었다. 출근길에는 땅이 꺼질 듯한 한숨을 내쉬기도 했는데, 자신이 낸 한숨 소리에 행인들이 놀랄 지경이었다.

　김 대리는 점심시간에 쉽게 자리에서 일어나지 못하게 되었다. 스스로에게 양질의 점심시간을 선사한 지 고작 일주일이 지났을 뿐인데, 일이 몰려들기 시작한 것이다. 모니터 안에는 스프레드시트 창이 여러 개 띄워져 있었다. 배가 고프고 머리가 돌아가지 않았다. '오늘 뭐 먹지?'라는 질문이 '오늘 먹을 수 있을까?'라는 염려로 바뀌고 있었다. 배꼽시계와 한숨 시계가 번갈아 울려 불협화음을 자아내고 있었다. 오후 1시 23분이었다.

　"김 대리 요즘 무슨 일 있어?" 점심을 먹고 돌아

온 팀장이 그를 붙잡고 물었다. "일이 많아서요." 추임새처럼 한숨이 비어져 나왔다. "밥부터 먹고 와. 몸부터 챙겨." 챙길 것들이 많았다. 일, 동료, 끼니, 몸… 고향에 계신 어머니를 생각하니 그리움이 물밀 듯 밀려들었다. "그때까지 내가 대신 맡고 있을 테니까 마음 편히 다녀와. 몸뿐 아니라 마음 점검을 하는 시간이 점심이지 않나." 그는 어제도 먹고 내일도 먹을 점심을, 오늘도 먹기 위해 자리에서 일어났다. 현기증 때문인지 몸이 잠시 휘청였다.

그는 오늘만큼은 점심을 든든하게 먹어야겠다고 생각했다. 지난주에도 든든하게 먹지 않은 것은 아니었으나 아까 팀장이 했던 말이 가슴에 묵직하게 남아서였다. "몸뿐 아니라 마음 점검을 하는 시간이 점심이지 않나." 그는 팀장의 말투를 따라 하며 계단을 성큼성큼 내려갔다. 점심 먹는 일을 마음을 점치는 일로 생각하면서. 무엇을 먹고 싶은지, 어떻게 먹고 싶은지, 얼마나 먹고 싶은지 생각하면서. 그에게 점심은 그런 시간이었다. 매일 찾아와서 시시하지만, 시시하기에 더욱 살펴야 하는 시간. 마음을 점치다 보면 언젠가는 마음에 점찍는 일도 가능할 것이다.

일분일초를 아껴 써야 한다는 말을 배꼽시계는 알고 있었다. 동시에 한숨 시계는 일분일초라도 나 자신으로 살라고 말하고 있었다. 김 대리의 몸속에서는 시계가 멈추지 않는다.

오후 5시 49분의 시

그는 늘어지게 하품을 한다

늘어진다는 것은 느려진다는 것
상심 없이 어떤 일을 할 수 있다는 것

그는 고작 늘어지게 하품을 할 뿐이다

지난주였다면 분명 앉아 있을 시간인데
업무 마감을 한답시고
전화를 돌리고
문자를 날리고
편지를 뿌리고

나태해진 정신에 냅다
찬물을 끼얹을 시간인데
며칠 만에 와식臥食에 길들여지다니

그는 필사적으로 무위를 물고 늘어지는 것이다

아침을 말하면서 기지개를 켜는 사람처럼
어둠을 말하면서 깜깜해지는 사람처럼

●

　‘할 일 없이’가 ‘하릴없이’가 되는 시간을 만끽하
는 것이다

　터무니의 무늬처럼
　거리낌의 낌새처럼

　있는 것
● 　드러나지 않되
　분명히 있는 것
　분연히 떨쳐 일어나는 것

　재바르게 돌리고 날리고 뿌리고 끼얹을 때조차
　제멋대로 휘늘어지는 것

　그는 그것을 누리고 있다

　오후 5시 49분,
　저녁을 말하면서 허물을 벗는다

　팔자가 늘어지고 있다

늘어질 때 늘어나는 것

그는 이름을 밝히는 것을 꺼렸다. 사람이 많은 곳에서는 더더욱 위축되었다. 낯선 사람들에게 둘러싸여 있으면 긴장감이 고조되었다. 이름을 말하고 나면 그 뒤에 꼭 직업이든 사는 곳이든, 하다못해 혈액형이나 MBTI 결과에 관해 이야기해야 할 것 같았다. 한 친구는 그가 자존감이 낮아서 그렇다고 했다. 운동을 배우면 좀 나아질 거라고 덧붙이기도 했다. 다른 친구는 그가 대인 관계에 어려움을 겪는 이유를 우물에서 찾았다. 그가 살아오면서 죽 우물 안에 있었다는 것이다. 한 우물을 파는 것은 좋지만, 그 우물 안에만 머물면 세계가 좁아질 수밖에 없다고도 했다. 그가 속 터놓고 이야기하는 사람은 이 둘밖에 없었다.

그런 그에게 입사를 위해 자기소개서를 쓰는 일은 고역일 수밖에 없었다. 나는 나인데 내가 나를 소개해야 하다니, 항목을 채우면 채울수록 그것이 참 이상했다. 오히려 스스로와 점점 멀어지는 기분이 들었다. '좋은 자기소개서의 요건'이란 제목의 기사도 찾아 읽었지만, 어려움은 해소되지 않았다. 글쓴이는 이렇게 말하고 있었다. "자기 자신을 적당히 숨기면서 적절히 드러내는 자기소개서가 좋은 자기소개서입니다." '적당히'와 '적절히' 사이에서, '숨기면서'와 '드러내는' 사이에서 그는 갈팡질팡할 수밖에 없었다. 연회장에 갔다가 어디에 서 있어야 할지 갈피를 잡지 못하는 사람처럼 진땀이 났다.

그는 온종일 '내가 누구지?'라는 질문 앞에 서 있었다. 서 있다기보다 사실상 쭈그려 앉아 있는 것에 가까웠다. 자기소개서 항목을 들여다보고 있자니 머리가 아팠다. 자신에게 닥친 가장 험난한 역경을 어떻게 극복했는지, 스스로 달성한 가장 빛나는 업적은 무엇인지, 지금껏 살아오면서 가장 커다란 영향을 끼친 세 사람은 누구인지 등 쉽사리 답할 수 없는 질문들이 거기 있었다. 무수한 '가장'들을 마주하며 그는 '손꼽다'라는 동사를 떠올렸다. 가장 좋아하는 음식을 물을 때조차 "하나만 꼽아요?"라고 반문하며 주저하는 그였다. 하나같이 가장 험난하고 가장 빛나고 가장 커다란 물음들이었다.

그에게 우물을 이야기했던 친구가 도움을 주었

다. 그의 인생 서사는 자기소개서에서 다시 쓰였다. 그는 새벽마다 신문과 우유를 배달하는 고학생이었고, 상연할 작품 선정으로 갈등이 깊었던 연극 동아리의 화합을 이끈 중재자였다. 초등학교 선생님이 그에게 남을 믿고 돕는 일이 얼마나 귀한 것인지 일깨워줄 때, 어머니는 어떤 상황에서도 희망을 잃어서는 안 된다는 가르침을 몸소 보여주었다. 지금은 연락이 닿지 않지만, 그에게 집중하는 법을 알려준 중학교 동창 덕분에 포기하려던 공부를 다시 시작하게 되었다. 일깨워주고, 보여주고, 알려주고…… 그의 주위에는 '주는' 사람들이 있었다. 자기소개서 안에서 자꾸 생겨났다. 자기소개서 안에서만 자꾸 생겨났다.

어렵사리 입사한 직장에서 그는 다른 사람이 되었다. '주는' 사람들 덕분에 별수 없이 달라진 사람이 되었다. 신문과 우유를 배달할 필요가 없는데도 아침 일찍 일어나 출근했다. 동료들이 불편한 기색을 내비치면 어떻게든 문제를 찾아 해결하려고 애썼다. 야근하는 동료의 일을 기꺼이 나눠서 하고 월급의 절반은 적금을 붓는 데 썼다. 희망이 차곡차곡 쌓이고 있었다. 자기 계발이 중요하다는 말을 듣고 여기저기서 추천받은 책들을 읽었다. 각성제를 복용한 사람처럼 항상 날카롭고 명료했다. 나태해지려고 할 때마다 화장실에 가서 찬물로 세수를 했다. 업무 마감 시간에는 손이 더 빨라졌다. 전화를 돌리고 문자를 날리고 편지를 뿌리고 나면 해가 뉘엿뉘엿 지고 있었다. 그는 정작 자기 자신에게 쉬는 시간을 주고 휴식을 선사하는 법을 몰랐다. 하루하루 자기소개서에 등장하는 인물과 점점 가까워지고 있을 뿐이었다.

그가 없을 때, 동료들은 이렇게 말하곤 했다. "그 사람은 뭐랄까, 다른 세상에 사는 사람 같아요." 그는 '다른 사람'에서 '다른 세상에 사는 사람'이 되어 있었다. 다른 사람도 이 세상에 살아야 하는데, 어쩌다 그는 다른 세상에까지 가게 된 것일까. 자기소개서에 등장하는 그는 시대를 역행하는 인물, 여기를 거스르는 인물이었을까. 어느 날 그는 신입 사원이 동료에게 하는 말을 들었다. 톤 조절에 실패한 목소리는 한껏 격양되어 있었다. "재미가 없는 사람 같아요. 바늘로 찔러도 분명 피 한 방울 안 나올 거예요." 그는 준비실에 들어가며 천진하게 물었다. "지금 누구 이야기 하는 중이에요?" 신입 사원의 안색이 급속도로 창백해졌지만, 그는 그게 자신일 거라고는 꿈에도 생각지 못했다.

그에 대한 온갖 말들을 주워섬기는 사람도 있었다. 사랑에 실패해서 그토록 일에 매진한다느니, 임원 중 한 사람의 숨겨둔 아들이라느니, 베트남에서 유행하는 신종 명상법에 심취해 있다느니, 성인이 된 이후 단 한 번도 제대로 쉬어본 적이 없다느니…… 순진하게도, 아니 당연하게도 그는 그런 말들이 오가는 것을 전혀 알지 못했다. 자기소개서에 적은 것처럼 사람을 온전히 믿었던 것이다. 희망의 불씨는 꺼질 새가 없었다. 실제로는 주는 사람이 없었지만, 문서상으로 그는 이미 잔뜩 받은 사람이었다. 그래서 그는 더 열심히 주변을 챙기려고 했는지도 모른다. 받은 것을 돌려주려는 사람처럼, 빚을 갚는 심정으로 일깨워주고 보여주고 알려주고 싶은 사람처럼.

10년 근속으로 한 달간의 포상 휴가가 주어졌을 때, 그는 당황스러웠다. 지난 10년간 회사에 나오지 않는 삶이란 어떤 것일까 단 한 번도 상상하지 않았던 탓이다. 더 놀라운 것은 자기소개서에서 재창조된 그가 다시 원래의 그 자신으로 돌아가는 데 그리 오랜 시간이 걸리지 않았다는 점이다. 10년이면 강산도 변한다지만, 더 이상 뭔가를 주는 데 혈안이 될 필요가 없다는 사실을 자각하자마자 맥이 풀려버린 것이다. 아니, 정확히 말하자면 이는 맥이 뚫리고 맥이 통하는 경험이었다. 그제야 맥이 뛰는 것 같았다. 아무것도 안 한 지 고작 하루 만이었다. 어쩌면 이 순간을 위해 지난 10년을 달려온 것이 아닐까 싶을 정도였다. 그는 늘어지게 자고 늘어지게 하품하고 늘어지게 기지개를 켰다. 비로소 자기 자신으로 사는 것 같았다.

혼자 있을 때는 적당히 숨기거나 적절히 드러낼 필요가 없었다. 분명히 존재하지만 억지로 외면했던 나 자신으로 살아도 되었다. 하루 만에 그는 적당히 게으르고 적절히 자유분방한, 원래의 그로 돌아와 있었다. 10년의 직장 생활이 무색할 지경이었다. 하릴없이 꼿꼿하고 철두철미했던 그가 할 일 없이 느긋하고 풍요로운 시간을 보내고 있었다. 그는 그 상태를 한껏 누리고 있었다. 늘어질 때 늘어나는 것은 '나로 사는 시간'이었다.

아늑한 우물 안에 몸을 담그고 그는 한 달이 천천히, 아주 천천히 흘러갔으면 좋겠다고 생각했다.

오후 10시 37분의 시

달이 뜨고 나서야
그는
시가 이미 시작되었음을 깨닫는다

그저 블라인드를 걷고
창밖을 바라보고 있었는데
딴눈을 팔고 있었는데

밝지 않네
아, 어둡다
혼잣말하고 있었는데

그사이
정념이 싹트고
상념으로 웃자라다
잡념으로 우거져

기어코 달그림자를 깨운다

창밖의 취객이 고성을 지르고
꺼이꺼이 울부짖다

깡통을 있는 힘껏 발로 찰 때
이 시는 중단된다
나아가기를 멈춘다

세상을 향하던
취객의 비명과 취객의 욕설이
부메랑처럼 돌아올 때

메아리가 되어 이 시는 다시 눈을 뜬다
잠자지 못한다

인정머리 없는 오후 10시 37분
달나라에 가고 싶었다는 깡통의 바람이
사람의 입으로 건조하게 전달될 때

다 타버린 집념을 실은 별똥별과 함께

이 시는 시이기를 그만둔다
또다시
뜬눈으로 새벽을 맞이하려고 한다

딴눈으로 밤을, 뜬눈으로 아침을

●

●

    그에게는 잘하는 것이 있었다. 스스로의 확신에만 기대어 하는 말은 아니었다. 주변에서 다들 잘한다고 했으니까. 타고났다고 했으니까. 그는 말을 잘했다. 말하기 능력을 키우는 데 게으르지도 않았다. 잘하는 것을 더 잘하기 위해 처음에 그가 한 것은 문장 구조 분석이었다. "문장이 길어질 때도 주술 호응이 완벽해. 말한 것을 그대로 글로 옮겨도 되겠어." 그의 재능을 알아봐준 사람들이 여럿 있었지만 그는 쉽게 우쭐해지지 않았다. 말은 하면 할수록 어려웠으니까. 온갖 미사여구를 동원해도 진심이 전달되지 않은 경우를 무수히 보아왔으니까.

    말하기에 관한 관심 자체는 변하지 않았으나 시기별로 관심의 세목細目은 변화했다. 처음으로 그가 추구한 것은 '정갈하게 말하기'였다. 부사와 형용사 사용을 최소화하면서 각종 정보와 자신의 속내를 전달하고자 했다. 꼭 필요한 말만 할 때 전달력이 최고로 높아진다고 믿던 시기였다. 그 바람에 뉴스 앵커라는 별명이 생기기도 했으나 그 말 속에는 말을 유창하게 한다는 의미 외에도 말씨가 다소 딱딱하다는 의미 또한 담겨 있었다. 어느 날 그의 말을 듣던 사람이 손사래를 치며 말했다. "당신의 말은 완벽한 상차림에 놓여 있는 젓가락 같아요. 깨끗한 접시를 더럽힐까 봐 안절부절못하는 젓가락 말이에요." 젓가락을 내려놓고 싶어지게 만드는 말이었다.

다음으로 그가 관심을 기울인 말하기는 '맛깔나게 말하기'였다. 그즈음 그는 말할 자리가 있을 때마다 치밀한 묘사와 풍성한 감정 표현에 중점을 두었다. 음식에 관해 이야기하면 사람들은 입맛을 다셨고 풍경을 묘사할 때면 사람들은 생생한 현장감에 어쩔 줄 몰라 했다. 특정 상황에서 느꼈던 감정을 절절히 호소할 때면 눈물을 흘리지 않는 사람이 없었다. "말솜씨가 아주 좋게"를 의미하는 '절절懇懇히'가 순식간에 "매우 간절히"를 의미하는 '절절切切히'가 되곤 했다. 어느 날 그는 지나친 감정 표현이 정보 전달력을 약화시킨다는 말을 들었다. 속이 절절 끓게 하는 말이었다.

자연스럽게 다음 목표는 '정확하게 말하기'가 되었다. 정갈함에 날카로움을 가미한다면, 딱딱함 대신 맵시가 들어설 것이라 생각했다. 그는 적재적소라는 말이 문장에도 똑같이 적용된다고 믿었다. 문장마다 있어야 하는 단어가 따로 있다고, 어떤 표현은 결코 대체될 수 없다고 확신하고 있었다. 그는 음식을 먹을 때조차 그저 '맛있다'라는 한 단어로 칭찬하지 않았다. 어떤 부분이 특별히 미각을 자극하는지, 식재료가 조리된 방식이 식감을 어떤 식으로 끌어올렸는지, 맛의 여운을 가리키는 걸맞은 형용사에는 무엇이 있는지 골똘히 상념에 잠겼다. 머릿속으로 완벽하게 정리가 되었을 때 그제야 그는 확신에 찬 표정으로 입을 열었다. 그사이 기다리다 지쳐 자리를 뜬 사람들도 있었다. "못 본 새에 민첩성이 사라졌네?" 어떤 사람의 말 한마디에 확신은 무너지고 말았다.

어떤 상황에서도 그를 지지해주었던 애인의 말이 결정타였다. "당신, 말 참 잘하지. 이건 칭찬이야. 근데 그 말은 흘러가기만 해. 절대 멈추지 않아. 어떤 말은 주위를 두리번거리다 머물기도 하고 내처 거기에 살기도 해야 하는데, 모든 말이 순순히 흐르기만 해. 영영 먼 곳으로 떠나갈 것처럼." 처음에 그는 자기 귀를 의심했다. 잠시 후, 애인이 자신을 떠날지도 모른다는 불안감이 엄습했다. "그게 대체 무슨 소리야?" "굳이 표현하자면 영혼이 없는 말하기 같다고할까." 애인은 그에게 말에는 힘 이상의 것이 있다고, 좋은 말하기에는 그것이 꼭 필요하다고 설법했다. 그는 난생처음 말문이 막혔다.

그때부터였을 것이다. 그가 다른 사람의 말에 세심하게 귀 기울이게 된 것은. 특정 장면을 보고 어떤 말이 오가는지 상상하기 시작한 것은. 창밖의 풍경이 그의 상상력을 자극하는 열쇠가 되어주었다. 배경은 거의 변하지 않았으나 그 배경을 수놓는 사람들은 매일 바뀌었다. 매일 창밖을 응시하다 어느새 그는 딴눈을 팔고 있었다. 창밖의 사람들이 자지러지게 웃으며 이야기 나누는 모습을 보고 그들의 대화를 상상했다. 무엇이 저들을 웃게 하는 걸까. 저 사람의 말투는 상냥할까, 점잖을까, 다급할까. 저들이 말을 주고받을 때 생성되는 리듬은 과연 어떤 느낌일까. 창밖 풍경과 가까워지면서 그는 말수가 현저히 줄었다. 다행히 그 빈자리를 상상력이 채워주었다.

창밖을 내다볼 때면 변함없이 달이 떠 있었다. 매일 모양이 변하는 달을 물끄러미 쳐다보고 있노라면 이상하게 성찰하는 기분이 들었다. 그저 잘하는 것을 더 잘하고 싶었을 뿐인데, 의욕이 지나쳤던 것일까? 달변은 막힘이 없는 말일 텐데, 막힘없음이 반드시 힘 있음과 연결되지는 않는 걸까? 하지 않아도 괜찮은 말과 하지 않으면 안 되는 말에는 무엇이 있을까? 개중 어떤 말은 누군가의 머리에 맴돌고 또 어떤 말은 누군가의 가슴을 파고들 것이다. 어딘가에 닿지 않고 공중에서 사라지는 말도 있을 것이다. 말과 가까워지면 가까워질수록 그는 말이 더 두려워졌다. 말이 마려운 시기에서 말이 어려운 시기로 접어들었다고 느꼈다.

창밖에서 고성이 들리던 날이 있었다. 둘 사이에서 오가는 고성이 아니라 혼자 내지르는 고성이었다. 창밖을 내다보던 그는 문득 소리 지르는 남자의 사연이 궁금해졌다. 무엇이 저 사람을 막다른 길로 내몬 것일까. 그는 슬픈 것일까, 분노한 것일까. 그때 고성을 내던 남자가 꺼이꺼이 울부짖기 시작했다. 소리가 이윽고 울음이 되었을 때, 그것을 합쳐 단순히 '울음소리'라고 표현할 수는 없었다. 이제껏 그토록 깊고 처연한 곡哭을 들어본 적이 없었다. 어떤 말보다도 강력하고 여운이 길었다. 깊고 복잡할 것이 분명한 사연이 눈물방울이 되어 바닥을 적시고 있었다.

남자의 분노는 어느새 서러움이 되어 있었다. 갑자기 어떤 결심이라도 한 듯, 남자가 골목 어귀에 있던 빈 깡통을 힘껏 차려고 했다. '찼다'가 아니라 '차려고 했다'라고 쓴 이유는 남자가 헛발질을 했기 때문이다. 그 장면을 지켜보던 그의 눈이 크게 뜨였다. 남자의 발 차기가 성공하기를 자기도 모르게 간절히 바라고 있었던 것이다. 빈 깡통을 차는 데 실패하는 모습은 생을 폐기하는 데에도 실패한 인생을 떠올리게 했다. 도처에 실패가 있었다. 실패의 크기와 영향력은 달라도 실패는 일상 깊숙이 침투해 있었다. 그는 고개를 들어 달을 오랫동안 쳐다보았다. 꽉 찬 보름달은 당분간 질 생각이 없어 보였다.

그가 딴눈으로 밤을, 뜬눈으로 아침을 맞이한
날이었다.

Part. 4

황인찬

시

- 잃어버린 자전거를 찾아서
  잃어버린 천사를 찾아서
  미래 빌리기
  잃어버린 정신을 찾아서
  내 친구의 집은 어디인가

산
문

- 자전거를 탈 줄 모르는 사람
  종말을 상상하지 못하기
  때로 선생님을 엄마라고 잘못 부르기도 하지만
  왜 사냐건 웃지요
  슬픔은 텍사스 소 떼가 되고, 내 마음은 호수가 되고

잃어버린 자전거를 찾아서

시

● 　　나에게도 자전거가 있었네 나는 자전거를 탈 줄 모르지만 나에게는 자전거가 있었네 검은색 알루미늄 몸체, 그리고 바구니가 앞에 달린 그런 옛날 자전거

　　여름밤에도 타고 달리고
　　눈 내리는 아침에도 타고 달리고

● 　　비에 젖고 바람에 다 삭아버린 자전거, 꼴은 사나워도 그럭저럭 타고 다닐 만한 자전거가 내게도 있었네

　　하늘이 분홍빛이던 가을 초입 어느 저녁, 그때도 자전거를 생각했네 꽃들이 바람에 흔들리고 물가는 반짝이던 때 그를 뒤에 태우고 하교하던 어린 날이 있었네

　　그런 날은 내게 없지만
　　분명하게 떠오르는 그의 체온과 무게가 있었네

　　탈 줄도 모르는 내 자전거 잃어버린 적도 없는

내 자전거 자전거를 어떻게 찾을 수 있을까 가진 적
없는 마음을 어떻게 되찾을 수 있을까

　　나에게도 자전거가 있었네 그렇게 자꾸 말하다
영원히 그리워진 그런 자전거가 내게도 있었네

자전거를 탈 줄 모르는 사람

어릴 때는 세발자전거를 좋아했다. 모양도 참 앙증맞고 좋지 않은가. 뒤에 앉을 수 있는 자리까지 달린 물건은 더욱 좋아했는데, 뒤에 누군가를 태울 때도 좋았고, 누군가의 뒤에 타고 있을 때도 좋았다. 나에게는 유년시절의 기억이 그다지 많지 않은 편인데, 분명하게 기억하는 즐거운 기억 가운데 하나가 바로 세발자전거를 타고 놀 때의 기억이었다. 작은 다리를 열심히 움직여도 속도가 별로 나지 않았던 것도, 지면이 거칠어서 자전거로 달리면 온몸에 진동이 전해지던 것도 좋았다. 몸을 움직이는 것을 좋아하지 않고, 겁도 많아서 미끄럼틀도 못 타던 내게 (지금도 워터 슬라이드 같은 것을 무서워서 못 탄다) 거의 유일한 활동적인 취미였다고도 할 수 있겠다.

조금 자라고서는 보조 바퀴기 달린 자전거를 선물받았다. 뒤에 누군가를 태울 수는 없었지만 훨씬 빠르게 움직일 수 있었고, 모든 면에서 더 만족스러운 자전거였다. 그러다 일곱 살 때, 처음으로 자전거의 보조 바퀴를 뗐다. 당연히 내 결정은 아니었다. 이쯤 되면 보조 바퀴를 떼도 괜찮으리라는 부모님의 생각이 있었을 것이다.

보조 바퀴를 떼고 처음으로 어머니와 함께 자전거를 타러 나간 날이었다. 처음 자전거에 올라탈 때까지는 어머니가 잡아주었고, 그다음부터는 내 몫이었다. 나는 자꾸 넘어졌다. 균형을 잡는 일은 쉽지 않았고, 균형을 잡은 채로 앞으로 나아가는 일은 더욱 그랬다. 몇 번인가 넘어진 뒤, 나는 자전거를 배우기를 포기했다.

나는 포기가 빠른 아이였고, 아픈 것을 무서워하는 아이였고, 실패를 반복할 때의 좌절감을 잘 견디지 못하는 아이였다. 어느 아이인들 그러지 않았을까 싶지만, 그 와중에 나는 대쪽같은 고집이 있었으므로, 한 번의 포기와 함께 더는 자전거를 타지 않겠노라 결심했고, 어머니의 몇 번의 권유에도 굴하지 않고 자전거를 다시는 타지 않았다. 정말 쓸데없는 대쪽이 아닐 수 없다.

그 자전거가 언제 어디로 사라졌는지는 모르겠다. 어머니에게 물어보니 어머니도 기억하지 못한다고 한다. 자전거에 발이 달린 것은 아닌데 그럼 어디로 간 것인지. 발은 없어도 바퀴가 있으니 혼자 어디로 굴러가기라도 한 것일까. 바퀴는 저 혼자 굴러가기도 하니까.

　어린 시절 갖고 놀던 물건들을 더는 쓰게 되지 않았을 때, 그건 다 어디로 갈까. 어머니들은 아이들의 물건을 언제 어떻게 처분하는 것일까. 내 주변에는 장난감을 물려줄 만한 아이가 있지도 않았는데, 그러면 그 물건들은 그냥 버리는 것일까. 하지만 그냥 버리기엔 멀쩡한 것들이 너무 많았다. 잃어버린 것들의 행방을 알지도 못한 채로 시간이 흘렀다.

*

　살다 보니 자전거조차 타지 못하는 사람이라는 것이 생각보다 민망한 일이라는 것을 알게 됐다. 요즘에는 다들 공유 자전거를 타고 다니던데, 도시인으로 살아가기 위해서는 자전거 정도는 역시 타 줘야 하는 것인가 싶은 생각이 요즘에는 들기도 한다. 하지만 이제 와서 굳이 자전거를 다시 배우는 것도 참 어색한 일이다. 어릴 때야 다쳐도 금세 나았지만, 이제는 멍이 들면 한 달은 이어지니 쉽사리 모험을 시작할 엄두가 나지 않는 것이다. 얼마 전에는 의사 선생님이 가능하면 자전거는 무릎에 무리가 되니 타지 말라는 말을 하기도 했는데, 요새 무릎이 안 좋은 나로서는 결코 흘려들을 수 없는 말이기도 하다.

게다가 삼십 대 중반의 아저씨가 자전거를 배운다고 밖에 나와 몇 번이고 넘어지는 모습을 다른 사람들이 본다면 그들이 얼마나 심란해지겠는가. 이렇게 자전거를 타지 않아도 되는 이유(탈 수 없는 이유가 아님)는 나이를 먹으며 계속 쌓여만 가는 것이다.

어떤 일들은 때를 놓치면 좀처럼 돌이키기 어려워지는 것 같다. 불가능한 것도 아니고, 진정 돌이킬 수 없는 것도 아니지만, 쌓이고 쌓인 그 시간의 누적이 쓸모없는 고집처럼 남아 내 삶의 형태와 태도를 고정해버리는 것이다.

내가 살면서 놓친 것이 자전거뿐만은 아니다. 나는 수영을 할 줄 모르고(고등학교 시절, 학교 수업에서 물을 먹은 뒤 바로 포기했다), 스타크래프트와 LOL을 할 줄 모르며(컴퓨터에게 한 번 죽고 바로 그만두었다), 사랑의 실패를 몇 번인가 겪고는 제대로 사랑을 할 줄도 모르는 채로 나이를 먹어버렸다. 사람이 두렵고 사랑이 두려워져서, 실망을 하는 일을 견딜 수가 없어서 가능한 한, 어떤 기대를 품지 않는 습관이 몸에 배어버린 것이 지금 나의 모습이다.

이것이 매우 한심한 꼴이라는 것은 나 자신도 잘 알고 있다. 게다가 고백이랍시고 문학의 형식으로 자신의 한심함을 전시하는 것이 얼마나 한심한 일인지 또한 잘 알고 있다. 그러나 결국 모든 문학은 고백일 수밖에 없고, 자신의 가장 치졸하고 연약한 부분을 노골적으로 혹은 간접적으로 드러내는 일일 수밖에 없는 것이다.

*

　모든 소설의 제목은 '잃어버린 시간을 찾아서'
가 될 수 있다는 문장을 어디선가 읽은 적이 있다.
문학은 지난 시간을 돌이키며 그것이 무엇이었는지
고민하는 일이라는 뜻이기도 하고, 지금과 그때가
얼마나 다른지 생각해보는 일임을 가리키는 것이며,
그 무엇보다 결국 문학이 상실에 대해 말하는 일이
라는 사실을 뜻하는 말일 터이다.

　습작생 시절에는 저 말의 의미를 곱씹으며 나의
문학이 무엇을 말해야 할지 고민하는 시간을 제법
진지하게 보내기도 했다. 그런데 그 명제에 대해 내
가 요즘 생각하는 것은 이런 것이다.

　'잃어버린 시간을 찾아서 뭘 할 건데?'

　잃어버린 시간을 왜 찾아야 하는 것인지, 그리
고 그것을 찾아서 어떻게 할 것인지, 문학은 왜 하
고 있는 것인지, 이런 질문을 스스로에게 던지는 요
즘이다. 이 짧은 글들을 통해서 내가 히고 싶은 일도
바로 그런 것이다.

잃어버린 천사를 찾아서

이것이 드라마나 영화라면 지금이 마지막 장면
일 것이다
영대의 얼굴에 드리운 거리의 빛을 보며 형식은
생각한다

겨울밤
사람들의 입에서는 조금씩 영혼이 흘러나오고
있다

조명이 꺼진 실내로 크리스마스 캐롤이 흘러들
어오고 있었고, 형식과 영대 두 사람은 서로를 사랑
할 준비가 되어 있었다

저 사람들은 다 어디서 왔을까
어떻게 이 작은 땅에 저렇게 많은 사람이 살고
있을까

형식은 사랑을 시작하려다 말고 밖을 보며 생각
한다
그것은 갑자기 찾아온 침묵을 견디기 위한 것이
었다

이런 때를 천사가 찾아온 것이라 한다고, 형식은 영화에서 들은 말을 떠올린다 그 또한 영화의 마지막에 가까운 장면이었다

밤은 고요하고 거룩한데
사람들은 아직 어디로도 가지 못하고 밤을 헤매고

말 없는 영대의 입에서 영혼의 흐린 빛이 흘러나왔다

침묵의 천사가 이 자리에서 우리를 찾아와 다시 떠나고 있다
형식은 그렇게 생각했고

그것이 이 장면을 구성하는 유일한 사실이었다

종말을 상상하지 못하기

하늘이 열리며 나팔 소리가 들려온다.

땅이 갈라지고 그 아래서는 죽은 이들이 되살아난다.

죽은 자들과 산 자들 가운데 선택받은 이들은 하늘로 들려 올라가며, 천사들이 그들을 맞이한다.

지상에 남은 이들은 다가올 종말과 심판을 앞두고 긴 고난의 세월을 보내리라.

이것은 휴거携擧에 대한 가장 대표적인 이미지다. 요즘에는 휴거라는 말 자체를 접할 일이 거의 없긴 하지만, 내가 어릴 적만 해도 휴거라는 말은 심심치 않게 들려왔다. 세기말이었으니까. 사람들은 종말을 그다지 믿지 않으면서도 종말에 대해 자주 말했다. 1995년에는 다음 세기의 어둠을 예감하며 〈신세기 에반게리온〉이라는 애니메이션이 등장해 사람들이 모두 세기말 정서에 깊게 공감하고 있음을 증명해 보였고, 1999년에는 Y2K라는 한일 합작 아이돌 밴드가 등장하기도 했다. Y2K 문제가 발생하면 핵미사일이 컴퓨터 오류로 날아가 제3차 세계대전이 일어날 수도 있으리라는 괴담 같은 것이 서브컬처에서 심심찮게 다뤄졌고, 핵전쟁을 비롯한 세계 멸망의 위기는 노스트라다무스나 파티마의 성모가 이미 예언한 그대로이며, 이제 우리는 숨죽이며 멸망을 기다릴 일만이 남았다는 말로 그런 류의 이야기들은 끝맺곤 했다.

　이런 소동은 비단 20세기만의 일은 아니었다고 한다. 서기 1000년 무렵에도 이와 비슷한 혼란과 공포가 유럽 전역에 퍼져 있었다고 하니, 뭐라고 해야 할까. 인간이란 참 한결 같은 존재라고 해야 할까, 아니면 1000년 단위의 세계 인식이란 것도 결국 성경의 내용을 해석하여 벌어진 일이니 기독교적 상상력의 힘이 참 대단하다고 해야 할까. 아무튼 굉장한 시절이었다고 밖에 말할 수 없겠다.

　생각해보면 내가 휴거의 이미지에 사로잡힌 것도 참 당연한 일이다. 휴거란 결국 여러 종말의 이미지 가운데 가장 기독교적 색채가 강한 종말 서사 아닌가. 독실한 기독교 가정에서 자란 내게 휴거의 이미지가 마음 깊이 다가오는 것도 참 당연한 일이라

할 수 있겠다.

물론 나만의 이야기는 아닐 것이다. 어릴 적 책 좀 읽었다 하는 애들이라면, 특히 나와 비슷한 또래였다면 누구든 한 번쯤은 그런 시절을 보내지 않았을까. 세기말적 종말의 상상 가운데서도 휴거의 이미지는 단연 압도적이었다. 종말의 때가 오면 예수가 공중에 재림하고, 산 자와 죽은 자 가운데 신에게 선택받은 이들이 하늘로 들려 올라간다. 그렇게 구원받을 이들이 먼저 들려 올라간 뒤에는 적그리스도의 시대가 오고, 대혼란과 전쟁의 시절이 계속된다는 것이 휴거를 비롯한 묵시록적 상상의 내용이라 할 수 있겠다.

내가 휴거 이미지에 강한 인상을 받았던 것은 어릴 적 보았던 그림 때문이었다. 어디서 본 것인지도 명확하게 기억나지 않지만, 아마 아버지가 갖고 있던 수많은 종교 서적 가운데 하나였겠지. 하늘을 향해 서 오르는 사람들과 땅에 남은 사람들이 그려져 있었고, 구름 위 천국에서는 천사들이 휴거에 선택된 이들을 맞기 위해 마중 나와 있었다. 지금 생각해봐도 매혹되지 않을 수 없는 이미지다. 사실 꼭 세기말이 아니라 하더라도 묵시록적인 상상에 매혹을 느끼지 않을 이가 얼마나 될까. 인간은 미래에 대한 전망보다 세계의 종말을 더욱 쉽게 떠올리는 법이다.

휴거를 소재로 하는 소설과 영화가 그토록 많은 것도 그런 이유였으리라. 휴거와 종말에 대한 이야기 가운데 내가 가장 좋아하는 것은 테드 창의 「지옥은 신의 부재」인데, 사실 이 소설은 딱히 휴거나 종말을 직접적으로 다루지는 않는다. 그저 천사가 현실에 강림하여 자신의 주변에 물리적인 영향을 주며, 천사와 접촉한 자가 구원받아 천국에 가기도 하고, 신을 믿지 않은 자가 지옥에 떨어지기도 하는데, 이 모든 것을 옆에 있는 자가 직접 눈으로 볼 수 있는 세계일 뿐. 그러나 이것이야말로 기독교적 의미의 종말에 대한 가장 설득력 있는 정의라 할 수 있겠다.

묵시록이 가리키는 종말이란 인간의 세계가 끝나고 신의 세계가 도래했음을 의미한다. 이 소설처럼 신의 물리적 현현이 일어난다면, 그 세계는 종말 그 자체를 맞은 것이나 다름없다는 뜻이다. 소설이 그리는 지옥에 불과 유황, 고통과 신음 따위는 없다. 지옥은 산 자들의 세계와 거의 다름없으며, 그곳에는 그저 신을 사랑하지 않았음을 후회하는 이들이 있을 뿐이고, 다만 그곳의 모든 것에는 신이 부재하고 있다고 소설은 묘사한다. 그것이야말로 이 소설이 그리는 진정한 종말의 모습이다. 소설의 제목 그대로, 지옥이란 신이 부재하는 곳 그 자체인 것이다.

그리고 이 소설은 결말을 통해 우리에게 한 가지 상상을 은밀하게 제시한다. 그 어느 것에서도 신을 느낄 수 없는 것이 지옥이라면, 어쩌면 우리가 사는 이 세계 자체가 지옥일 수도 있지 않겠느냐는, 그런 음험한 상상 말이다.

　1992년 10월 한국의 수많은 사람들이 곧 종말이 다가올 것이며, 그 종말에 앞서 휴거가 일어날 것이라 믿었다. 다미선교회를 중심으로 퍼져나간 휴거에 대한 믿음은 컬트적인 사건들로 이어졌다. 전 재산을 교회에 바치고 천국의 재산을 미리 준비하고자 한 이들이 있었고, 이러한 동요가 뉴스 등을 통해 전국에 퍼져나가자 각지의 학교에서는 휴거설을 믿지 말 것을 알리는 가정통신문을 배부하기까지 했다. 물론 종말은 일어나지 않았고, 많은 이들은 이 해프닝을 조롱했고, 또 어떤 이들은 배신감에 치를 떨었다.

　다미선교회가 틀리지 않았다는 상상 또한 가능하리라. 종말은 이미 찾아왔고, 휴거는 예정대로 시작되었으나, 그 과정에서 누구도 구원받을 수 없었더라는, 그런 상상도 가능하지 않을까. 그럼에도 우리가 그것을 느끼고 깨달을 수 없는 것은 어쩌면 테드 창의 소설이 우리에게 음험하게 가리키는 것처럼, 우리가 이미 우리의 삶 모든 곳에서 신의 존재를 느낄 수 없게 되었기 때문일 수도 있으리라. 지옥은 신의 부재이므로, 신이 부재하는 우리의 삶은 지옥이 될 수밖에 없다.

*

　그러나 진정으로 두려운 것은 종말에 대한 상상

이 아니라 종말이 오지 않는다는 상상일 것이다. 테드 창의 이야기처럼 신은 이미 우리 곁을 떠났으며 더 이상 우리에게 구원의 가능성이 없어졌는데도 여전히 삶이 계속된다면, 세상이 다음 단계로 넘어가지 않고 여전히 끔찍한 그대로라면, 우리는 대체 어떻게 해야 할까.

우리가 종말을 바란 것은 혼란스럽고 무질서한 우리의 삶이 단 하나의 질서만은 확보하기를 바랐기 때문일 것이다. 삶에, 그리고 우리가 사는 이 세계에 시작이 있고 끝이 있다는 그 단순한 질서가 결코 우리를 구원하지는 못하겠지만, 최소한 마지막에는 누구든 작은 질서를 얻는다는 그 사실이 우리에게 약간의 위안을 주기에, 우리는 종말에 대한 상상을 계속하는 것이리라.

종말은 이 세계의 끝을 의미하는 것이 아니다. 종말이란 세계의 완결이다. 이야기에 끝이 있고, 음악에 주어진 시간이 있고, 영화에 러닝타임이 있는 것처럼, 우리는 세계에도 모종의 완결이 있으리라 믿고 싶어 한다. 중간에 끊겨버린 만화를 우리가 제대로 된 이야기로 여기지 못하는 것처럼(나는 일 년에 한두 번쯤 연중 되어버린, 혹은 정발이 끊겨버린 그 수많은 만화들을 생각하며 분노에 사로잡히는 시기가 있다.) 아무리 엉망진창인 결말이라고 하더라도, 그 끝에 도달해야만 우리는 그 이야기를 제대로 된 한 편의 이야기로 인식한다. 즉 종말이 없다면 세계는 제대로 된 이야기가 아닐 수도 있으리라는 것이다. 어쩌면 인간이 끊임없이 종말에 대한 상상을 하는 것 또한 이 세계가 아무 의미 없는 것일지 모른다는 불안에서 비롯된 것일는지 모른다.

하지만 우리 삶이 그렇게 형편 좋게 흘러갈 리가 없지 않은가. 오늘부로 세상을 종료합니다, 그동안 사랑해주셔서 감사합니다, 그런 식으로 세상은 끝나지 않으며, 아무리 기다려도 종료 메시지나 영업 종료 안내 공지 같은 것은 찾아오지 않는 것이다. 결국 우리는 베케트가 그리는 인간들처럼, 오지 않는 끝을 자꾸 기다리며, 강림하지 않는 멸망의 천사를 기다리며 약간 황망한 모습으로 길 한 가운데에 멍청하게 서있을 따름이다.

세기말적 종말론의 인기가 저물고 21세기 초반 세계가(특히 미국이) 주목했던 것이 좀비 서사물이었다는 것도 그런 의미에서 참 당연하고, 한편으로는 의미심장한 일일 것이다. 죽음 이후에도 살아 움직이는 자들, 세계의 끝을 맞이하는 자가 아니라, 세계의 끝 자체인 존재들이 바로 좀비다. 우리가 좀비 서사에 그토록 마음이 끌렸던 것은, 그 이야기가 바로 우리 자신의 이야기이기 때문일 것이다.

그러나 이 글의 마지막이 결국 우리는 좀비 어쩌구다, 이런 식으로 끝나지는 않을 것이다. 일단 좀비 어쩌구 하는 사유 어쩌구 자체가 이미 거의 실효성을 잃어버리기도 했고, 오히려 요즘에는 차라리 좀비였으면 좋았을 인간들이 이렇게나 많이, 이렇게나 오래도록 살아 있다는 사실에 사람들 스스로가 놀라고 있는 시대라는 생각이다. 끝이 오든 오지 않든, 아무튼 우리 삶은 계속되고 있다는 사실이 중요하다. 끝을 상상할 수 없다면, 종말이 오지 않는다면, 우리가 상상해야 할 것은 내가 살아 있고, 당신이 살아 있어서, 우리 모두가 살아가는 미래의 모습이겠지. 그게 잘 그려지지 않아서 우리는 차라리 종말을 상상하고, 자신의 죽음을 상상하고 있는 것이지만, 그 사실은 우리 모두 잘 알고 있지만, 삶에 대한 상상이 종말에 대한 상상보다 유리한 점이 단 하나 있다면, 그것은 우리가 내일을 상상하든 상상하지 않든 내일은 온다는 사실이고, 내일은 내일의 태양이 뜬다는 사실이겠지. 〈바람과 함께 사라지다〉처럼 이 글이 끝나는 것이 어울리는지는 사실 잘 모르겠지만, 그러나 어쩌겠는가. 종말의 천사가 찾아오지 않는다면야, 나는 내 옆에 있는 당신의 얼굴을 내일도 들여다봐야 하고, 당신과 함께 살아야 한다. 설령 그것이 아무리 불행한 일이라 하더라도, 일단은 그래야만 하는 것이다.

미래 빌리기

안경이 어디 갔느냐고 선생님은 온종일 요란을 떨고 그런 선생님을 보는 나의 마음은 늪의 바닥에 던져진 돌처럼 느리게 가라앉는다

저 사람이 내 미래의 사랑이라니

밤 열두 시에 화장실에서 칼을 물고 앉아 거울을 보면 미래의 사랑이 보인다 내가 지난겨울 삶을 그만두기로 결심한 것은 거기서 선생님을 보았기 때문

누군지 모르지만 미안합니다 나는 안경이 없으면 아무것도 볼 수가 없어요 선생님은 나를 보며 떠들고 나는 괜찮다고 한다

안경이 없어도 수업은 평소와 다름이 없네
다들 선생님을 보며 그런 생각을 하고

삶을 그만두기로 결심하고도 삶은 달라지지 않네
선생님을 보며 내가 떠올린 생각은 교실의 바닥에 고이고 썩어 물처럼 흐르고 있었다

집으로 돌아가는 길에는 안경을 밟고 버렸다
사랑은 지옥이네, 그런 생각도 하면서

때로 선생님을
엄마라고 잘못 부르기도 하지만

우리말의 어려움 가운데 하나로 타인을 부르는 호칭어가 조금 어중간하다는 점을 꼽을 수 있을 것이다. 관계와 위계가 정립되지 않은 상태에서는 다른 사람을 제대로 부르는 일조차 어색한 것이 한국말의 어려움이고, 한국 문화의 어려움이니 말이다.

친구도 아니고, 가족도 아니고, 일이나 다른 공적 관계를 통해 얽힌 사이도 아니며, 나보다 한참 어른이거나 하지도 않은 타인과 대화할 때, 우리에게는 그를 달리 부를 말이 없다. 애매한 관계의 타인과 대화할 때, 호칭을 쓰지 않으려 애쓰며 이야기해본 경험은 한국인이라면 다들 있지 않을까. 요즘에는 ～님이라는 표현이 그 자리를 조금 대체하고 있긴 하지만, 그 또한 양자 간에 어느 정도의 거리 감각이 생겨났을 때나 가능한 표현일 따름이다.

저기요니 그쪽이니 하는 위치를 가리키는 애매한 말이 우리말 꾸러미에 있는 것도 그런 의미에서는 당연한 일이랄 수도 있겠다. 인터넷이 보급되기 시작하던 시절, 화면 너머의 상대에게 '님'이라는 말을 쓰던 것을 보며 정말 이상하다고 생각했는데, 돌이켜보면 그 또한 호칭어의 부족함을 보여주는 사례였다. 위계도 없고 관계도 불명확한 타인과 접촉하는 일이 갈수록 늘어나는 현대사회의 작고 사소한 어긋남 같은 것을, 2000년대를 통과하며 종종 느꼈던 것이겠지.

먼 옛날에야 무슨 어려움이 있었겠는가. 작은 사회 안에서는 어지간한 구성원 전부와 나름의 관계가 생겨났고, 유교 문화와 계급 사회 안에서 위계란 숨 쉬듯 자연스러운 것이었으니 타인에 대한 호칭이 다양할 이유도 없었으리라.(반대로 친척을 가리키는 말이 그토록 다양한 것도 같은 까닭이었을 것이다. 그래서인지 이제 요즘 아이들은 친척을 가리키는 어휘를 세네로 알시 못한다.)

그리고 이런 어려움 속을 살아가는 현대인들을 조금이나마 구원한 것이 바로 '선생님'이다. 정확히 언제부터였는지는 알 수 없지만, 2013년『우리말글』에 발표된 박은하의 논문 〈호칭어 '선생님'에 대한 사회언어학적 연구─대학에서의 표준형과 변이형을 중심으로)를 보면 2012년 국립국어원이 발간한 『표준 언어예절』에서 이미 선생님의 용례를 『표준국어대 사전』에서 가리키는 것보다 확장하여 사용하고 있음을 알 수 있다. 직장 사람들과 그 가족 일반, 직원과 손님 사이 일반, 지인과 지인의 가족, 혹은 가족의 지인 등 인간관계의 상당 부분을 선생님이라는 말로 가리킬 수 있음을 제시하고 있다는 것이다.

요즘에는 관공서에 가서도 서로를 선생님이라 부르는 풍경을 자주 볼 수 있으니, 선생님이 상당히 널리 통용되는 표현이 된 것임은 분명해 보인다. 〈오징어 게임〉에서 마저도 선생님이라는 말이 등장하지 않았던가. 사회적으로도 문화적으로도 확고하게 선생님이라는 말이 새롭게 자리 잡았다고 봐도 큰 무리는 없겠다.

과거 직원과 손님 사이에서 사용하던 사장님과 사모님의 자리를 선생님이 대체하고, 그것이 더욱 광범위하게 적용되고 있다는 인상인데, 아무튼 이런 변화가 나로서는 참 반갑기도 하고, 바람직하게 느껴지기도 한다. 어쨌든 선생님이란 상대를 존중하는 표현 아니겠는가. 학부 신입생 시절 노교수 한 분은 자신을 교수님이라 부르는 학생에게 교수님 대신 선생님이라는 호칭을 사용할 것을 요청하기도 했다. 교수는 자신의 직업일 뿐이지만 선생은 존경의 의미를 담은 것이므로 상대에 대한 존중이 더욱 들어간 표현이라는 것이었다. 사장님 소리보다야 선생님 소리를 듣는 편이 백번 낫다고 느끼는 것이 아마 일반적인 한국인의 마음 풍경이라고 추측해 볼 수도 있겠지. 그 덕분에 세상이 수많은 선생님으로 가득해지는 것 같다.(이건 나만 느끼는 것일 수도 있겠지만.)

*

아무튼 선생님이라는 호칭이 일반화되었다는 것, 그리고 그게 어느샌가 마음 편하게 느껴지게 되었다는 이야기다. 사실 내 일상은 이미 선생님으로 가득하다. 대학원 시절에는 구성원 모두가 서로 선생님이었고, 출판계에서도 저자와 편집자 상호 간의 호칭은 선생님으로 굳어 있다. 요즘 한참 재미있게 보고 있는 민음사 유튜브에서도 구독자들을 선생님이라고 부르던데, 참 어울리기도 하고 적절하기도 하다는 생각이다. 출강하는 학교에서도 선생님이라고 불리고, 그렇게 살다 보니 선생 노릇을 하며 먹고 살아온 시간도 제법 길어졌다.

선생님이라는 호칭을 일상적으로 사용하고, 또 그것이 참 편리하다는 생각도 하지만 동시에 이것이 여전히 불편하고 또 부족하다는 생각 또한 자주 들게 된다. 이를테면 옆집에 살고 있지만 일상적으로 마주칠 일은 거의 없고, 그럼에도 집과 관련한 일로(이를테면 관리비 활용 등) 종종 대화를 나누게 되는 사이는 서로를 무엇이라고 부를 수 있을까. 이런 사이에 서로를 선생님으로 부르는 것은 아무래도 어색하다.

자신을 가리킬 때야 403호인데요, 201호인데요, 이런 식으로 말할 수도 있지마는 그래도 상대를 부를 때, 201호는 어쩌세요, 말하는 것은 입에 잘 붙지가 않는다. 선생님이라고 할 수도 없고, 다른 호칭도 없으니 방법은 결국 상대를 부르지 않는 말하기를 끊임없이 계속하는 것뿐이리라.

이 모든 문제는 결국 상대와 내가 어떤 관계인지 가늠하기 어려운 우리 삶의 어려움과도 이어진다. 우리 삶에는 잠깐 만나는 사람들이 너무나 많고, 그와 나는 아무런 관계도 아니며, 그럼에도 불구하고 이 수없이 잠깐 만나는 사람들과 한없이 마주쳐야만 하며, 때로는 말을 나누기도 해야만 한다. 그것이 우리가 살아가는 방식이다.

어쩌면 별다른 어려움이나 문제를 느끼지 않는 사람들도 있을 것이다. 어색한 사이인 사람과 어색하게 대화하는 것이 당연하다고는 사람도 있을 수 있을 것이다. 하지만 그게 정말 당연한 일은 결코 아니다. 큰아버지를 백부로 부른다거나 작은 아버지를 숙부로 부른다거나, 아내의 언니를 처형으로 부른다거나 하는 일이 당연한 일이 결코 아닌 것처럼 말이다.

수많은 어렵고 애매한 관계들을 아우르는 편리한 말로 선생님이 재발견되었듯이, 이도저도 아닌 타인을 아우르는 말도 언젠가는 생기겠지. 그러고보면 요즘 강의실에서는 학생들을 부르는 말로 누구누구 님을 많이들 쓰고 있다. 나도 학생들을 그렇게 부르고, 학생들끼리도 서로 그렇게 부르고는 한다. 이 또한 선생님이라는 말이 보급되는 동안 자연스럽게 퍼진 것 가운데 하나겠다.(내가 대학을 다니던 시절에는 누구누구 학우라는 표현을 사용했던 것 같은데, 이 변화 또한 참 재미있게 느껴진다.)

하지만 정말 중요한 것은 어떤 호칭으로 타인을 부르느냐가 아니라 그 호칭을 통해 타인과 어떤 거리 감각을 형성하느냐 하는 것이리라. 일로 만난 사람을 선생님이라고 부르면 서로를 존중하는 느낌이 들고, 이웃을 언니나 형 등의 가족 호칭으로 부르면 한층 더 친숙하게 느껴지는 것처럼, 호칭은 타인과의 관계를 설정하기 때문이다. 낯선 이들을 적극적으로 환대할 수 있는 이름은 무엇이 있을까. 그런 이름을 고민하는 미래가 우리에게 과연 찾아오기는 할까. 그러나 내가 일로 만난 사람들을 선생님이라 부르는 내일을 상상한 적 없던 것처럼, 다른 이들을 다정하고 친근한 이름으로 부르는 내일 또한 내가 상상하지 않은 방식으로 찾아올 것이다.

잃어버린 정신을 찾아서

비 내리는 숲입니다
1. 들짐승, 2. 살인자, 3. 귀신, 4. 아는 사람
어둠 속에서 고개를 내민 것이 당신을 설명합
니다

너는 대뜸 그렇게 말했지
우리가 함께 비 내리는 숲을 걷고 있던 때였다

진짜로 뭐가 나오면 어떻게 하느냐는 나의 말에
그럼 그게 너를 설명하는 거지 뭐
너는 또 그렇게 말하고

밤은 깊어가고 비는 자꾸 내렸다 우리는 작은
빛에 의지하여 어둠 속을 걷고 또 걸었고

이곳이 추락 직전의 비행기라면 버려야 할 것은
1. 몸, 2. 마음, 3. 영혼, 4. 과거 가운데 하나이고, 또 우
리는 뱀과 새와 원숭이를 데리고 사막을 건너야만
한다는 식의 이야기를 나누며

아무것도 해명되지 않는다는 것을 알고 있으

므로
　　그저 웃으며

　　어둠 속을 걷던 그런 날도 있었지

　　아직 내가 너에게 말하지 않은 것은
　　그때 어둠 속에서 내가 무엇인가를 보았으며

　　그것이 이후의 삶을 완전히 바꾸었다는 것이고,

　　그 비밀이 영원히 비 내리는 숲의 가장 어두운
곳에 묻혀 있다는 것이다

왜 사냐건 웃지요

너는 왜 자꾸 웃냐?

언젠가 이런 말을 들은 적이 있다. 아마 시인이
되고 얼마 지나지 않아서였을 것이다. 술자리에서 어
느 시인에게 들은 말이었다. 지금 생각해보면 다소
무례한 말인데, 그때는 무례한 사람들이 참 많기도
했다. 정곡을 찌르는 듯한 그 말이 어쩌면 시인으로
서 아슬아슬하게 허용 범위였을지도 모르겠다. 시인
이란 아무튼 정곡을 찔러 말하는 사람이라는 이미
지가 있고, 나도 어쩐지 정곡을 찔렸단 느낌을 받았
으니 말이다. 그 말을 듣고 그때도 그냥 웃었다.

사실 나는 그 말을 듣기 전까지는 내가 자꾸 웃
는다는 것도, 그리고 그 웃음이 어떤 의미인지도 알

아차리지 못했다. 생각해보면 정말 그랬다. 나는 자주 웃었다. 할 말이 없으면 웃었고, 말을 하고 나서도 웃었다. 남이 무슨 말을 해도 웃었고, 남이 무슨 말을 하지 않아도 웃었다. 생각해보면 정말 그런 사람들이 있다. 무슨 상황에서든 일단 웃고 보는 사람. 타인에게 그 웃음을 보여주기 위해 웃는 사람들. 자신을 지킬 수단으로 자신이 무해하다는 것을 드러내는 것을 선택한 사람들. 나 역시 그런 사람이었다.

어릴 적에는 항상 착하다는 말을 들었다. 초등학교에서도, 중학교와 고등학교에서도, 군대에서마저 착하다는 말을 듣고 지내왔다. 그리고 착한 사람으로 지내기 위해서는 자주 웃어야만 했다. 화가 나면 화가 나서 웃고, 어색하면 어색해서 웃고, 그렇게 웃음으로써 내가 당신에게 아무런 위해를 가할 생각이 없음을 끊임없이 드러내며 살아왔다. 사실은 격렬하게 증오하고 있을 때조차도 웃으며 살아왔다.

아마 그 시인이 내게 그렇게 시비 걸듯 말을 한 것은 그런 까닭이었을 것이다. 너는 왜 그렇게 방어적으로 구냐. 누가 대체 너를 해하기에 그러냐. 혹시 내가 그럴 것으로 보이느냐. 니의 웃음이 나는 매우 싫고 불편하다. 그런 의미를 담은 질문이 바로 너는 왜 자꾸 웃냐, 였겠지. 어쩌면 이런 말이 들어 있을 수도 있겠다. 동등한 시인끼리 그런 식의 태도를 취하는 것은 바람직하지 않다거나, 시인으로서 산다는 일은 그렇게 무해하게 살아가겠다는 것이 아니다…….

시인 운운하는 것은 어쩌면 그저 내 생각일 뿐일지도 모르겠다. 그러나 요즘에는 그렇게 생각하고 있다. 어쨌든 시 쓰기라는 것은 타인에게 나 자신의 무해함을 호소하고 어필하는 일이 되어서는 안 될 것이라고 생각하고 있으므로, 시인으로서는 그렇게 웃는 일을 하지 말아야겠다는 생각도 요새는 하고 있다. 물론 마음처럼은 잘 되지 않지만.

그리고 몇 년 전에 가까스로 깨달은 것이 또 하나 있는데, 내가 무서울 때도 웃음을 터트린다는 것이다. 롤러코스터를 처음으로 탔을 때, 나는 롤러코스터가 레일을 달리는 내내 웃었다. 그때에는 별 의식을 하지 못하고 있다가, 몇 년 전의 어느 날 문득 갑자기 알아차린 것이다. 아, 나는 너무 무서워서 공포에 질린 나머지 계속 웃음을 터트린 것이구나. 감정을 발산하는 법을 잘 몰라서 그냥 웃어버린 것이었구나. 생각해보면 그랬다. 화가 머리끝까지 치솟을 때도 일단 나는 웃었다. 물론 그때는 하하하, 그런 웃음이 아니고, 하! 하는 웃음에 가깝긴 하지만 말이다.

무서워도, 화가 나도, 걱정되거나 어색해도, 나는 그저 웃을 줄밖에 몰랐다. 지금 생각해보면 참 그것이 안타깝고 안쓰럽다. 뭐가 그렇게 걱정이 많고 겁나는 것이 많아서 그랬을까. 나이를 좀 더 먹고, 시인으로서 열심히 살기 시작하면서는 예전에 비해 그렇게 웃음으로 상황을 얼버무리는 일이 많이 줄어들기는 했다. 요즘은 오히려 웃음소리가 왜 이리 크냐는 말을 듣기도 하니, 예전보다는 여러모로 덜 주눅든 삶을 사는 것은 아닐까 생각할 따름이다.(나이를 먹으면서 성격이 참 많이 바뀌었다는 생각을 자주 하게 되는데, 그게 좋은 일인지는 잘 모르겠다.)

왜 사냐건 웃지요, 그런 말도 있는데, 이게 시의 한 구절이라는 것을 아는 사람은 많지 않을 것이다.

남으로 창을 내겠소
밭이 한참갈이
괭이로 파고
호미론 풀을 매지요

구름이 꼬인다 갈 리 있소
새 노래는 공으로 들으랴오
강냉이가 익걸랑
함께 와 자셔도 좋소

왜 사냐건
웃지요

월파 김상용의 시 「남으로 창을 내겠소」라는 시다. 호젓하고 평화로운 전원생활을 그려 보이는 것 같다가 갑자기 왜 사냐건 웃지요, 라는 말로 끝을 맺어버리는 시다. 참 이상하게 마음에 오래 남는 문장이다. 무책임하게 느껴지기도 하고, 많은 뜻을 담은 것 같기도 하고, 그런 묘함이 참 멋스럽게 느껴지기도 한다. 그러니 아마 많은 이들이 이 문장을 오래도록 기억하고 있는 것이리라.

달관에 도달한 태도라고 해야 할까. 저런 웃음은 어릴 적 나의 웃음과는 분명 다른 종류의 웃음일 것이다. 예전 내 웃음이 방어적인 것이었고, 스스로 자신의 주권을 내놓는 종류의 제스처였다면, 여기서의 웃음은 어쩐지 상황을 유예하는 것 같고, 당신 혹은 자신을 죽이고 싶은 마음을 애써 억누르는 것 같고, 그래서 결국 자신과 타자를 지키는 것 같고 그렇지 않은가. 월파 김상용이 친일 문인으로 등재되어 있었다는 것을 생각하면 왠지 저 말을 더 알 것 같기도 하고, 모를 것 같기도 하다.

아무튼 나도 요즘은 저런 마음으로 웃으며 지내는 것 같다. 왜 사냐고? 그냥 웃어.(이쯤에서 이랑의 노래 〈웃어, 유머에〉를 들어보신다면 아주 좋겠다.)

내 친구의 집은 어디인가

시

● 용수는 내 친구, 어릴 적에 자주 놀았다
골목에 온종일 나와 있었다

주말 아침에도 용수가 있었고
저녁의 귀갓길에도 용수가 있었다

용수를 만나면
시간 가는 줄 모르고 잠자리도 잡고 돌도 던졌다

● 여우비 맞으며 술래잡기하던 날,
나는 용수가 나를 찾지 못했으면 해서 집으로
돌아갔다

그 후로 용수를 다시 볼 수는 없었고
지금도 맑은 날에 비가 내리면 그때가 떠오른다

누가 내게 첫사랑에 대해 물으면
나는 이 이야기를 들려준다

슬픔은 텍사스 소 떼가 되고,
내 마음은 호수가 되고

산문

어떤 감정은 그 실체가 너무 강해서 때로는 어떤 사물처럼 느껴지기도 한다. 어떤 마음은 너무 딱딱하고, 또 어떤 마음은 너무 물러서 손을 대면 뭉개질 것만 같다. 내 마음은 호수라거나 마음에 돌덩이가 놓여 있는 것 같다는 말은 내게는 물리적인 진실을 가리키는 말처럼 느껴지기도 하는 것이다.

예전에 유행하던 웹툰에서 본 말로, 텍사스 소 떼처럼 외로움이 밀려온다는 말이 있었다. 우스꽝스러운 그림이 함께 그려져 있어서, 그걸 보면서는 그냥 피식 웃고 말았던 것 같은데, 어째서인지 시간이 지나니 그 말이 오래도록 마음에 남아, 감당할 수 없는 감정에 짓눌릴 때 텍사스 소 떼를 떠올리게 된다. 텍사스는커녕 소 떼가 달리는 것도 본 적이 없으면서.

　이런 것도 선명한 이미지가 만들어내는 은유적인 힘이라고 할 수 있을까. 은유에는 도통 재주가 없어서, 학부생 시절 선생님께 너는 은유를 못 쓰니 가능하면 은유를 쓰지 말자는 말을 듣기도 했던 나로서는 참 부러운 재능이기도 하다. 아무튼 이 하염없이 달리는 소 떼의 이미지가 나에게는 어떤 감정의 이미지가 되어버려서, 스스로를 감당하기 어려울 때, 저 말을 떠올리게 된다. 소 떼가 몰려온다, 소 떼가 몰려온다고.

　외로움을 잘 느끼는 편은 아닌지라 앞서 빌려온 말처럼 외로움이 밀려들지는 않지만, 슬픔만은 이따금 무겁고 두껍게 내려앉는다. 슬픔이란 무겁고 낮고 축축한 것이어서, 발끝부터 조금씩 젖어 들어간다. 사지의 말단부터 차가워지기 시작하다 가슴 어딘가가 무거워지고, 그러다가는 결국 눈가가 뜨거워지기 시작하는 것이 우리가 겪는 슬픔의 물리적 현상이다. 그 낮고 축축한 슬픔은 의식하지 못하는 사이에 우리의 발밑부터 우리를 잠식해나가고, 우리는 그것을 가벼운 삼기나 떨치지 못하는 피로감처럼 깊어지고 오래도록 살아가곤 한다.

　그러나 때로는 슬픔이 밀려 들어올 때가 있다. 그리고 그것은 정말 소 떼처럼 몰려온다. 무겁고, 내가 도저히 통제할 수 없는 어떤 큰 흐름이 어딘가 슬프게 느껴지는 긴 울음을 끌며 달려오는 것이다. 그런 슬픔 앞에서 나는 한없이 무력함을 느끼며 그저 가만히 있을 수밖에 없다. 무겁고 거대하며 복잡한 마음의 일렁임이 나를 한 방향으로 치고 지나가는 것이다. 분노에 사로잡힐 때, 우리는 머리에 피가 쏠리고 관자놀이 어딘가가 지끈거림을 느끼지만, 강렬한 슬픔이 우리를 치고 갈 때, 우리는 머리에 핏기가 가시는 느낌을 받는다. 심장은 짓눌리고, 우리의 몸 전체가 어딘가로 떨어져 내리는 것이다. 이런 슬픔 앞에서 할 수 있는 일이란 없다. 그저 제발 이 시간이 지나가기를 간절히 바랄 뿐.

그런데 슬픔의 정말 힘든 점은 우리가 슬픔에 빠졌을 때 여전히 우리의 정신이 산만한 상태에 있다는 데서 온다. 분노했을 때 우리가 하나의 생각밖에 할 수 없는 단순한 정신을 갖게 되는 데 반해, 슬플 때 우리는 세상 모든 것이 다 눈에 들어오고 신경 쓰이는 산만한 정신 상태가 되는 것이다. 저기서 소 떼는 몰려오고, 또 저기서 다른 소 떼는 풀을 뜯고 있는 형국이다. 여러모로 적절한 은유가 아닐 수 없다는 생각이다.

감정은 어째서 이토록 사물과 잘 붙는 것일까. 우리가 아는 다른 관념들은 이처럼 사물화되지 않는다. 수학이라거나 민족이라거나, 혹은 확증편향이라거나 뭐 이런 개념들이 사물에 빗대어 표현되는 경우는 거의 보지 못한 것 같다. 아마 감정이 우리의 삶에서는 이미 물리적인 현실로서 작용하고 있기 때문은 아닐까. 감정이 화학적 작용이라는 것을 생각하면 감정이 물리적 현실이라는 말 또한 어쩌면 너무 새삼스러운 이야기일 수도 있겠다.

그럼에도 우리는 그것을 표현할 수 있는 적절한 말을 갖고 있지 못한 것이다. 우리의 언어란 너무나 빈약한 것이므로, 슬픔이라는 말은 슬픔이라는 말만으로는 도무지 표현되지 않으며, 언제나 슬픔이라는 말은 슬픔을 초과하거나 슬픔에 미치지 못할 뿐인 것이다. 그러므로 우리는 애써 감정을 에둘러 표현할 다른 말을 찾는다. 파도와 같은 분노라거나 발밑이 꺼지는 기분이라거나 하는 식으로. 그렇게 말하면서도 그것이 어딘가 좀처럼 잘 맞아떨어지지 않는다고 느끼면서.

시라는 것 또한 거기서 출발한 것이리라. 우리의 말로는 좀처럼 우리의 진실을 포착해낼 수가 없으므로, 현실에 가장 근접한 말을 찾아내고자 어떻게든 말을 다듬고 더듬으며 궁리한 것이 은유이고 시였으리라. "내 마음은 호수요, 그대 노 저어 오오" 이 짧은 말 안에 당신을 기다리는 그 넓고 평온한 마음과, 당신에게 모든 주도권을 넘기겠노라는 굳은 결의와 그럼에도 당신을 깊이 사랑하고 있다는 열렬한 열정이 모두 담겨 있는 것이다. 물론 그 말조차도 좀처럼 표현하고자 하는 현실에 한없이 미치지 못한다는 것이 시의 슬픈 점이기도 하겠지만 말이다.

은유를 잘 쓸 줄도 몰라서, 텍사스 소 떼 운운하는 다른 사람의 말을 빌려 자신의 슬픔에 대해 생각하는 나로서는 참 곤란한 일이기도 하다. 사실 이 글은 여전히 그 소 떼 같은 슬픔에 짓눌린 채로, 약간의 무력감과 허탈함 속에서, 내 몸을 지배하는 이 물리적인 고통을 어떻게 표현하면 좋을지 고민하며 끄적인 것이다. 그러나 여전히 정확한 표현을 어떻게 하면 좋을지 전혀 감을 잡지 못한 채로, 그저 어디서는 소 떼가 달리고, 어디서는 소 떼가 풀을 뜯으며 울고 있는 것이 내 마음 풍경이라고, 어쩔 수 없이 털어놓을 뿐이다.

이 책에 실린 시인들의 시가 수록된 시집

문보영,『모래비가 내리는 모래 서점』(문학동네, 2023)
이소호,『홈 스위트 홈』(문학과지성사, 2023)
황인찬,『이걸 내 마음이라고 하자』(문학동네, 2023)

어떤 마음은 딱딱하고 어떤 마음은 물러서

1판 1쇄 펴냄 2023년 10월 28일

지은이   문보영, 이소호, 오은, 황인찬
펴낸이   손문경
펴낸곳   아침달

편집   송승언, 서윤후
디자인   한유미, 정유경

출판등록 제2013-000289호
주소 03980 서울시 마포구 성미산로 153-16, 2층
전화 02-3446-5238
팩스 02-3446-5208
전자우편 achimdalbooks@gmail.com

ISBN 979-11-89467-92-0 03810

책값은 뒤표지에 있습니다.